La última noche de La Luna

Jorge Gómez Soto

sm

Primera edición: mayo 2005
Cuarta edición: mayo 2009

Dirección editorial: Elsa Aguiar
Imagen de cubierta: Marcelo Pérez

Impresores, 2
Urbanización Prado del Espino
28660 Boadilla del Monte (Madrid)
www.grupo-sm.com

ATENCIÓN AL CLIENTE
Tel.: 902 12 13 23
Fax: 902 24 12 22
e-mail: clientes@grupo-sm.com

ISBN: 978-84-348-4215-1
Depósito legal: M-14.021-2009
Impreso en España / *Printed in Spain*
Gohegraf Industrias Gráficas, SL - 28977 Casarrubuelos (Madrid)

A Sonia, David, Raquel,
Javi, Irene, Sergio y Alicia.

Noche de fuego

El resplandor de la hoguera se veía incluso desde antes de entrar en el jardín, por encima del seto y por debajo de la noche. Mi padre y su novia, Marga, caminaban delante. Yo los seguía, rozando con mi mano los arbustos.

Atravesamos una puerta metálica y pude ver el fuego, que se retorcía y se elevaba hacia el cielo con furia. Las llamas podían alcanzar fácilmente una altura de dos metros. Un círculo de personas, amigos de mi padre y de Marga, rodeaba la fogata. La contemplaban casi hipnotizados. Nos acercamos a ellos y el círculo se abrió y se ensanchó para acogernos.

—Esta es Anabel, mi hija, tiene trece años —me presentó mi padre y, a continuación, fue enumerando los nombres de todos.

No me quedé con ningún nombre, y solo con una cara: la del hijo de una de las parejas. No por nada en particular, solo porque era el único que rondaba mi edad. En su rostro tímido e inocente bailaban las sombras creadas por el incesante movimiento del fuego. Apenas se podía distinguir qué era lo que ardía, reducido a pedazos incandescentes sin forma.

—Te estábamos esperando, Santiago —le dijo uno de los amigos a mi padre—, ya creíamos que no llegaba el experto en la noche de San Juan.

Mi padre sonrió y se aclaró la garganta para comenzar a hablar, pero no de la noche de San Juan.

—¿El experto? ¿Porque el año pasado os conté dos tonterías que había leído? Venga, que ya lo escuchasteis todos.

Se oyeron murmullos de decepción, la gente tenía ganas de que lo volviese a contar, aunque ya se lo supieran. Pero mi padre no parecía estar por la labor. Con un poco de corte, alcé la voz sobre el suave zumbido de voces:

—Papá, yo no estaba aquí el año pasado.

Mi padre me miró. Sabía que le acababa de dejar sin escapatoria.

Puertas invisibles

—No me voy a enrollar mucho, que no quiero dormiros. La celebración de estas fechas, cuando las noches son las más cortas del año, es casi tan antigua como el hombre. Antes simplemente se rendía culto al sol, como purificador y ahuyentador de males. Aunque luego la iglesia le adjudicara un santo, sigue siendo principalmente una fiesta entre el hombre y la naturaleza, sin intermediarios.

Mi padre hablaba con voz de profesor, o de presentador de documental.

—Durante los siglos ha habido innumerables leyendas, pero en lo que la mayoría coinciden es que durante esta noche se abren puertas invisibles a dimensiones absolutamente desconocidas para nosotros.

Cautivada por sus palabras, miré a mi padre con una mezcla de incredulidad y fascinación; y solo girando un poco la cabeza, pude comprobar que no era la única.

—El poder de las tinieblas tiene esta noche un reinado corto pero muy intenso. Las hogueras poseen una doble simbología: quemar lo que se quiere dejar atrás; y a la vez, con ese fuego, dar fuerza al sol para vencer a la oscuridad. Se dice que en estas horas nocturnas las brujas realizan sus aquelarres, los espíritus pululan a sus anchas y lo sobrenatural deja de ser imposible. La atmósfera se carga de un aliento mágico.

Mis ojos se encontraron con los de aquel chico sin nombre. Nuestros rostros estaban bañados por el mismo resplandor llameante. Un estremecimiento común nos recorrió por hallarnos en medio de una noche tan misteriosa.

Lo que yo no podía ni imaginar entonces era que horas más tarde se abriría una de esas puertas invisibles, aunque en este caso se tratase de una ventana.

—Casi todos los ritos —prosiguió— tienen que ver con el fuego o con el agua, dos elementos muy opuestos en apariencia pero cuyo fin común es la purificación. Se dice que en el momento exacto en que el primer rayo de sol aparece, el agua de arroyos y manantiales, que no la del grifo, tiene poderes para curar y proteger; o que las plantas venenosas pierden sus propiedades dañinas... Un sinfín de leyendas no del todo ciertas, pero tampoco del todo falsas. Como la de aquel pueblo sumergido...

De pronto sentí un bisbiseo cerca de mi oído y una mano fría se apoyó en mi hombro.

—¡Aaaaah! —chillé asustada, mientras mi cuerpo daba una violenta sacudida por el susto.

Me volví al instante y encontré detrás de mí al chico sin nombre, también asustado por mi reacción.

—No... que... que si jugábamos a algo —me dijo en voz baja, el muy...

—¿Tú estás tonto, o qué te pasa? —le grité con toda mi ira.

Él se encogió de hombros, paralizado por mi actitud. No sabía si estaba más colorado por el reflejo del fuego o por la vergüenza, pero yo no era capaz de apiadarme de él. Dulcifiqué el gesto a duras penas para mirar a mi padre.

—Ibas a contar algo de un pueblo sumergido, ¿no?

Mi padre negó con la cabeza, enfadado.

—Hasta que no le pidas perdón no hay pueblo sumergido que valga.

—Pues no lo cuentes —respondí con chulería.

—Como no le pidas perdón... te llevo a casa ahora mismo —segundo intento de mi padre.

—Pues llévame.

—¡Anabeeeel!, te estoy hablando en serio.

—Me da igual.

—Sabes que no tolero ese comportamiento.

Me encogí de hombros, despreocupada.

—¡No seas cabezona!

Negué con un gesto y mi padre, después de pedir disculpas al chico y a sus padres por mi actitud, se puso de pie y se dirigió a Marga:

—Espérame aquí, que ahora vuelvo.

Los asistentes se limitaron a observar cómo nos marchábamos.

Grabadora

Hacía unos dos años que mis padres se habían separado. Me costó muchas horas de psicólogo asumir que: a) estarían mucho mejor cada uno por su lado, y b) yo no tenía absolutamente ninguna culpa de su separación.

A pesar de todo, todavía tenía que seguir yendo a la consulta para, según sus palabras, «atemperar mis prontos», lo que en lenguaje corriente era algo así como no tener tanta mala leche ni saltar a la primera de cambio. Estaba claro que, de momento, no lo había conseguido.

Sabía que el psicólogo llevaba razón y yo misma quería cambiar, pero es que a la mínima sentía que todo se desbordaba, se me oscurecía la mente y tenía que explotar. Mi forma de ser solo me acarreaba problemas. Problemas con mi madre (aunque eso era un tema aparte), problemas con mi padre y problemas con mis amigas, que cada vez me aguantaban menos. Lo sabía, pero, llegado el momento, me ofuscaba y todo lo que hubiese planeado antes quedaba olvidado.

Como el enfado de esa noche. Llevaba más de un mes sin ver a mi padre y no pudimos estar juntos ni dos horas. Y encima por una tontería de las gordas.

—Si no conociese a tu madre, te preguntaría que de dónde has sacado semejante genio. Pero está claro que lo has heredado de ella —esas palabras fueron las únicas que pronunció mi padre en todo el trayecto de vuelta, y me dolieron especialmente.

Detuvo el coche en doble fila, frente a mi casa. Me bajé después de darle dos besos, ya casi arrepentida por mi conducta, pero aún con el orgullo de no querer reconocerlo.

No sabía cuánto tiempo pasaría hasta la próxima vez que le viera. ¿Días, semanas, meses? Nunca lo sabía, dependía de su trabajo. Hasta entonces tendría que conformarme con ver su mano y su grabadora en el telediario, como de costumbre.

Yo siempre seguía el telediario; no porque me interesasen las noticias, sino porque mi padre trabajaba de reportero. A menudo veía su grabadora frente a la boca de algún protagonista de la noticia y, si había suerte, un trocito de camisa o de cabeza.

La grabadora tenía una pegatina con una *A* bien grande de color dorado. Se la hice poner para distinguirla entre la multitud de grabadoras, micrófonos y móviles que solían acumularse cuando la noticia era relevante. Así podía saber con certeza que la mano que la sujetaba era la de mi padre. Escogí la *A* por ser la inicial de mi nombre. Era una forma de que me llevase siempre consigo, pues nunca se separaba de su grabadora, estuviese o no trabajando.

Ha sido una de las mejores ideas que he tenido.

Desgraciadamente, muchos días la imagen de su mano sujetando la grabadora era lo único que tenía de él.

Palabras que hieren

El portal se cerró a mi espalda y el ruido del coche de mi padre se fue atenuando hasta desaparecer. Subí las escaleras, acompañada por la resonancia de mis pisadas. Saqué las llaves y abrí la puerta.

Una suave luz palpitante apenas iluminaba la entrada. Pasé al salón. Mi madre dormía como un tronco tumbada en el sofá. El origen de la luz era la pantalla de la televisión. Una vidente, ataviada con una túnica de cien colores y rodeada de cien velas, le echaba las cartas a un telespectador que había llamado.

—¡Mamá, despierta! —le dije mientras me acercaba a la pantalla.

Ella ni se inmutó.

Apagué la televisión y, curiosamente, fue el silencio repentino lo que la despertó. Entreabrió los ojos y me miró, confusa aún por el sueño.

—¿Ya estás aquí? —me dijo al cabo de un rato—. ¿Qué hora es?

—Las once pasadas.

Ya del todo despierta, arrugó el gesto.

—¿Pero no has estado todo el día dándome la murga con que os ibais a quedar hasta tarde porque era la noche de San Juan?

—Papá se ha enfadado conmigo.

—No me extraña, Anabel, si ya te lo digo yo siempre: no hay quién te aguante —habló el desprecio hecho mujer.

—¡Pues anda que a ti, doña Amargada! —salté yo.

Sabía que esa frase desataría la furia, pero no me pude contener. Las dos empezamos a gritar, a herirnos con esas verdades que sabíamos pero que no queríamos que nadie nos recordase. Y si las palabras de una cortaban, las de la otra trataban de clavarse hasta lo más profundo, de hacer más daño aún.

—Mi vida será una mierda, un cúmulo de errores, pero cada vez que te veo recuerdo cuál fue el más grande de todos: tenerte a ti —descargó así su última ráfaga de odio.

Me marché a mi cuarto y cerré la puerta lo más fuerte que pude.

En momentos como ese siempre pensaba que quizá las palabras de mi padre fuesen ciertas, que mi madre y yo éramos iguales. Y solo de pensar en esa posibilidad la rabia se apoderaba de mí. Lo último que quería en esta vida era llegar a ser como mi madre: una mujer amargada, solitaria, triste, irascible, frustrada, rencorosa, apenada...

Y lo que más me asustaba era que llevaba su mismo camino.

Ya dentro de la cama, cubierta solo por una sábana, escuché como ella también se acostaba. Cada día la odiaba un poco más.

Tras la ventana

No sabría calcular cuánto tiempo estuve intentando dormir sin éxito, ni tampoco precisar el motivo del desvelo. Estaba inquieta por algo. Desde luego, por las discusiones no era, pues ya estaba vacunada contra ellas.

Lo único que sí podía asegurar era que la noche se me estaba haciendo eterna. Escuchaba el segundero de mi despertador con total nitidez: clic-clac, clic-clac... Sería una de las noches más cortas del año, pero como no me durmiese pronto, para mí iba a ser la más larga con diferencia.

De pronto, empecé a escuchar un zumbido. Al principio lo notaba cerca de mi oído, pero a medida que crecía lo situé en la ventana. Sería el viento colándose por alguna rendija. Con el calor que había hecho debía de estar formándose una tormenta de verano. Ni siquiera cambié mi posición en la cama para comprobarlo.

Era un sonido que a ratos parecía un intento de silbido y a ratos un aullido lejano. Sin embargo, aumentaba de tal forma, que no me quedó más remedio que mirar.

Giré sobre mí misma bajo la sábana y la sangre se me congeló en las venas. Detrás de la ventana, casi pegado al cristal, flotaba algo parecido a una silueta humana. Solo se veía medio cuerpo, de cintura para arriba; pero estaba muy borroso, casi de la misma textura que la noche.

No podría concretar más, pues inmediatamente me escondí debajo de la sábana. Mis músculos estaban tan tensos que parecían a punto de desgarrarse. Yo vivía en un tercero y no había cornisas a las que sujetarse; era imposible que hubiese nadie ahí fuera.

Cuando creía que el pánico no podía ir a más, mi ventana se abrió de golpe, con un fuerte estruendo. No pude ni siquiera chillar, no quería que nada delatase mi presencia, aunque era más que evidente. Una poderosa lengua de aire recorrió mi cuarto. Oía cómo desordenaba papeles, agitaba los pósters de las paredes, hacía pasar las hojas del libro que tenía en la mesilla y, cuando chocaba contra mi sábana, me parecía que etéreas manos me estuviesen palpando.

Yo sudaba, convencida de que, a no mucho tardar, esa figura se abalanzaría sobre mí y me descuartizaría, me arrastraría directamente al más allá o quién sabe adónde...

El vendaval duró pocos pero eternos segundos.

Todo volvió a una inquietante calma. Yo seguía esperando la cuchillada, la dentellada, cualquier cosa. Estaba aferrada a mi inmovilidad, como esos animalillos que había visto en un documental, que se hacían los muertos cuando tenían al depredador cerca, ya que este no comía carroña.

«Se abren puertas invisibles a dimensiones desconocidas»... «El poder de las tinieblas tiene un reinado corto pero muy intenso»... «En estas horas nocturnas los espíritus pululan a sus anchas y lo sobrenatural deja de ser imposible»... Las palabras de mi padre bailaban por mi cabeza, aumentando mis peores agüeros.

laber*intro*

Qué harías en la situación de Anabel?

Si decidieras permanecer bajo la sábana, ve a **Clic-clac** (p.30).

Si decidieras asomar la cabeza, ve a **Sobre** (p. 21).

Sobre

(Vienes desde Tras la ventana)

Transcurrido un tiempo sin nuevos sobresaltos, comencé a retirar la sábana de mi cara, con movimientos tan lentos que parecían imperceptibles. Desde la cama, y con ayuda de la escasa claridad que entraba de la calle, inspeccioné detenidamente mi cuarto: la ventana abierta de par en par, papeles por el suelo, el bote de los bolis tumbado sobre mi mesa... pero nada que indicase que allí hubiese alguien.

Quizá no había sido más que una tormenta y la figura la había creado mi sugestión.

Clavé de nuevo la vista en el rectángulo de la ventana. No había ni una sola nube de tormenta, el cielo estaba limpio, agujereado de estrellas y la Luna se veía nítida. Y más abajo, las copas de los árboles no se movían ni un milímetro. Ni rastro del viento. Una tormenta no podía formarse y desaparecer en tan poco tiempo.

Entonces, algo llamó mi atención. Reposaba sobre el marco de la ventana en un extraño equilibrio. Era fino: un papel o algo similar. De uno de sus lados salía una especie de pestaña.

Me levanté con cautela. A medida que me acercaba, iba tomando forma: era un sobre abierto que desde luego no provenía de mi cuarto, pues las pocas cartas que había recibido estaban en un cajón que continuaba cerrado. Lo cogí con miedo, pesaba muy poco, cerré la ventana con fuerza y volví con él a la cama para examinarlo bien.

Me lo acerqué a los ojos. No tenía ni destinatario ni sello, y lo único escrito, con letras redondeadas en el hueco del remite era *La Luna*. Busqué dentro del sobre, pero estaba vacío. Miré de nuevo, por si acaso. Nada, completamente vacío.

No entendía lo que pasaba, pero al menos ya no sentía el pánico de antes. Lo que no impedía que, de vez en cuando, levantase la vista y efectuase breves inspecciones de la habitación. Todo seguía igual, salvo ese sobre que había llegado a mi ventana de una forma misteriosa.

Volátil

Me desperté a la mañana siguiente. Al final, milagrosamente, había conseguido dormir unas horas.

Observé mi cuarto y recordé, de inmediato, lo sucedido por la noche. A la luz del día, el desbarajuste parecía mayor. Miré a mi alrededor, pero no vi el sobre por ningún lado y no recordaba dónde lo había colocado. De hecho, juraría que me había dormido con él entre las manos.

Deshice mi cama al completo y sacudí las sábanas, una a una, pero no cayó nada. Me asomé al hueco de debajo de la cama y lo único que vi fueron algunas pelusas y una goma del pelo que creía perdida; incluso aparté el colchón del somier. Revolví papeles, cajones, la mesa, pero no hubo manera.

El sobre se había volatilizado.

Estaba casi segura de que no lo había soñado, desde luego el desorden del cuarto era de lo más real. Pero tenía que reconocer que si hubiese sido un sueño todo tendría más sentido. Quizá había soñado una parte y la otra no. Pero no, no podía ser; bueno, sí podía ser... pero no.

Todavía aturdida, sin prestar atención a lo que dejaba atrás, me dirigí a la cocina. Mecánicamente, saqué el tazón del armario, lo llené de leche y lo introduje en el microondas. Antes de que terminara de calentarse oí que mi madre me llamaba con una voz subida de decibelios:

—¡Anabel, ven aquí ahora mismo!

Ella estaba en mi cuarto, con cara desquiciada, señalando a todas partes.

—¿Pero qué ha pasado aquí, te has levantado dando zarpazos?

Me miró fijamente, aguardando una repuesta que no se producía porque, en realidad, no sabía qué contarle.

Vacaciones

Subí a casa con el pan y el periódico.

Cada vez que salía a la calle, me costaba un poco más volver. Debía de ser porque ya llevaba una semana y pico de vacaciones y tenía que aguantar a mi madre más horas de las habituales.

Como ni ella ni yo habíamos sacado de nuevo el tema, ni había vuelto a pasar nada extraordinario, se fue suavizando el recuerdo de la noche de San Juan. Con el paso del tiempo me inclinaba más a pensar que quizá lo único real era que una ráfaga de aire abrió mi ventana y desordenó los papeles, y que lo de la figura en la ventana y el sobre quizá lo hubiese soñado o imaginado, influida por las misteriosas palabras que dijo mi padre aquella noche.

Riiing...

Sonó el teléfono de casa. Mi madre, que lo tenía más cerca, lo descolgó antes del segundo timbrazo.

—¿Diga? (...) Sí, ahora se pone —me hizo un gesto para que me acercase y me tendió el teléfono—. Es tu padre.

—Hola, papá. Ayer vi tu grabadora en la tele, ¿no te dio

miedo estar tan cerca de ese asesino? Tenía una mirada de loco...

Mi padre se rió.

—No, hija, estaba esposado de pies y manos, y rodeado de policías. Lo único que podía hacer era escupirnos y por suerte no lo hizo —me comentó en un tono distendido, por lo que deduje que ya se le habría pasado el enfado del otro día—. Oye, Anabel, te llamaba para preguntarte si al final vienes con Marga y conmigo al pueblo; todavía no me has contestado. Salimos este viernes, por si no te acordabas.

—Ya... —asentí—, todavía no lo he pensado.

—Pues tienes que darte prisa.

—Luego te llamo y te lo digo con seguridad.

Colgué y no me quedó más remedio que afrontar la decisión que, inconscientemente o no, había ido retrasando.

Mis primos se iban a la playa, con mi madre y con mis tíos. El verano pasado había estado con ellos y me divertí bastante, a pesar de que mi madre estuviese por medio. Por la mañana, baño en la playa; a mediodía, paella en el chiringuito; vuelta a la playa por la tarde y, a última hora, antes de cenar, a recorrer con mis primos las heladerías y las salas de juegos del paseo marítimo. El único inconveniente era que se trataba solo de una semana, y luego tendría que volver a casa... sola con mi madre.

Y por otro lado estaba mi padre, claro, y el pueblo. El año pasado no había ido de vacaciones con él y este año, en teoría, tocaba, aunque mis padres me dejasen libertad de elección. Estarían mis abuelos, Raquel, mi mejor amiga de allí, y un grupillo de amigos, cada uno de una zona distinta del país. Con ellos también me lo solía pasar bien, pero no era lo mismo que con mis primos. Además, en el pueblo normalmente había muy pocas cosas que hacer. Lo bueno iba a ser que perdería de vista a mi madre durante un tiempo.

laber*intro*

¿Qué elegirías si fueses Anabel?

Si optas por el pueblo, dirígete a **Pozos muertos** (p. 104).

Si optas por la playa, dirígete a **Risa floja** (p. 77).

Clic-clac

(Vienes desde Tras la ventana)

Pasaron segundos, luego minutos y no sé si llegó a pasar alguna hora. El cuerpo me dolía por la tensa inmovilidad. La ventana seguiría abierta y yo estaba expuesta a que todos los demonios de la noche se colasen por ella. Mantuve alerta el oído durante todo ese tiempo. No escuché otra cosa que el insistente clic-clac del despertador y, muy de vez en cuando, el ruido de un coche que pasaba por la calle. A pesar de todo, no me atreví a abandonar mi frágil escondite.

A ratos, consideraba la posibilidad de asomarme, pero el simple hecho de poder encontrarme en la ventana con aquella sombra, o incluso dentro de mi cuarto, junto a mí, desbarataba la intención.

Quizá debería esperar a que pasase la noche de San Juan. Entonces, el reinado de las tinieblas finalizaría y los espíritus se recogerían a su... a su dimensión. Tampoco me convencía mucho esa teoría, pero en algún momento tendría que salir de la cama, no me iba a quedar allí para siempre.

Aunque tal vez no sería mala idea aguantar así hasta que viniese mi madre a despertarme, enfadada por mi tardanza. Por primera vez, me alegraría escuchar sus gritos, indicarían que en la habitación no había nada que temer.

A lo largo de la noche no me olvidé del miedo, era la garra invisible que acechaba sobre mi cama y que me mantenía despierta, pero empezó a colarse cierto aburrimiento, la monótona letanía de los segundos, el lento transcurrir del tiempo, la espera eterna. Si no fuese porque tras la sábana solo se intuía oscuridad, habría asegurado que ya era mediodía.

Después de muchísimo tiempo sin que sucediese nada, una leve claridad se dibujó sobre la sábana. Fue un proceso tan lento que al principio dudé si lo habría creado mi vista fatigada, pero al cabo de un tiempo, pude comprobar que era la primera luz de la mañana, traslucida tras la tela que me cubría.

Poco a poco fue ganando fuerza, hasta que empecé a vislumbrar los contornos de mi cuarto. Agazapada aún, recorrí con la vista cada rincón. Pese a que la imagen estaba velada por la sábana, conocía bien lo que miraba y eso facilitó las cosas.

De pronto, vi algo en la ventana abierta. Reposaba sobre el marco. Era una especie de hoja o algo similar, no lo pude apreciar bien. Me imaginé que sería uno de mis papeles que había revuelto el vendaval, y que había llegado hasta allí. No quise salir a comprobarlo.

Con la tranquilidad del día recién nacido y la ausencia de nuevos sobresaltos, llegué a dormirme, aunque fue un sueño tan ligero que en cuanto oí que mi madre se levantaba de la cama y empezaba a trajinar por casa, me desperté. Y esta vez, sí: salí de debajo de la sábana.

Lo primero que hice fue mirar hacia la ventana. Aquello que había visto ya no estaba. Miré hacia el suelo. Pese a que había más papeles esparcidos, ninguno estaba colocado como si hubiese caído de la ventana. Me levanté y fui a asomarme, pero a medio camino me detuve. Hacía escasas horas que aquella figura había surgido por ese hueco al que me acercaba y todavía me imponía.

Pasito a pasito, llegué hasta mi ventana y me asomé. En la calle tampoco se veía ningún papel, ni bajo mi ventana ni unos metros más allá. Si se trataba de un papel mío, a saber cuál era y quién lo tenía en esos instantes; y si no lo era, ¿qué sería? Jamás lo sabría.

Con la confianza recuperada, en parte, me dije que no solo tenía que haberme levantado al ver el papel en la ventana, sino antes, cuando esa figura que vi, o creí ver, abrió la ventana.

laber*intro*

Vuelve a **Sobre** (p. 21).

Triángulo

(Vienes desde Alma negra)

Yomás fue el primero y los otros dos chicos le secundaron.

Lo primero que pensé cuando escuché sus carcajadas desaforadas fue que les había poseído el espíritu, y que pronto empezarían a sacudirse y a echar espumarajos por la boca; eso si no se lanzaban a por mí siguiendo órdenes de Alma negra.

A pesar de todo, miré hacia atrás. No había nadie, pero la presencia seguía ahí, cada vez más cerca, más intensa, más real. Cuando volví a mirar al frente, descubrí que los tres chicos me miraban a mí.

—Bueno, Anabel, ya nos has demostrado lo valiente que eres —dijo Yomás con ironía mientras se secaba una lágrima con la manga, y seguía riéndose.

Era la broma más pesada que jamás me habían gastado.

—¡Iros a la mierda, imbéciles! —ni mis insultos al borde del llanto consiguieron acallar sus risas—. Lo que vosotros no sabéis es que hemos desatado algo. Ahora mismo está entre nosotros.

—Pero qué dices. Me da a mí que todavía te dura el susto —dijo uno de los chicos.

Me quedé con el insulto en la boca porque Raquel llamó nuestra atención señalando al tablero. El triángulo se estaba moviendo solo, libre de dedos.

No tenía fuerzas para reírme, no era el momento, pero pude fijarme en cómo se congelaba la sonrisa de los chicos, que se habían agarrado entre sí y temblaban. Compartir el miedo me alivió al menos un poco.

El triángulo atravesó el tablero hasta llegar a la esquina superior derecha, donde estaba... la Luna, que quedó perfectamente enmarcada en el interior del agujero. Y ahí se quedó el triángulo, no se movió más.

Yo miré a todas partes. Oía de fondo los sollozos de Raquel y de los *valientes*. Quien quiera que fuese esa presencia, me había dejado de nuevo el mensaje y se había esfumado.

Cuando me quise dar cuenta, los cuatro estaban hechos una piña contra el muro del cementerio y me miraban asustados, quizá por ser la que más tranquila se mantenía, dentro de lo que cabía, y por haberles dicho que había algo entre nosotros.

—¡Vámonos, por favor! —gritó de pronto Raquel, y los cinco salimos corriendo, como perseguidos por todas las almas del cementerio.

Solo desvié la vista de la carretera cuando pasamos junto a las minas. La casa del ingeniero seguía ahí arriba, dominando todo y atrapándome con su majestuosidad. Pero no desaceleré esta vez, no quería rezagarme ni medio metro.

Llegamos al pueblo con el aliento perdido y el corazón golpeándonos el pecho con furia.

laber*intro*

Trasládate a ¿Qué ha pasado allí? (p. 36).

¿Qué ha pasado allí?

(Vienes desde Triángulo o desde Mensaje)

Lo único bueno, si es que se podía sacar algo, era que no había sido yo la única en verlo. Algo positivo porque me hacía descartar que me estuviese volviendo loca, una hipótesis que me había planteado seriamente en los últimos días.

Notaba los ojos de todos clavados en mí, casi severos, como si exigiesen una explicación a lo sucedido.

—¡Pero se puede saber qué hacéis mirándome así! Aquí la única que debería estar de uñas soy yo, que os habéis pasado tres pueblos, ¡tres pueblos y medio!

Aunque me lo pedía cada nervio de mi cuerpo, no era capaz de sacar todo mi genio. Era una situación confusa, extraña. Quería matarlos pero por otra parte me veía reflejada en su inquietud, pues era la misma que tuve yo cuando la voz me habló por primera vez.

—Oye, tía, yo sabía lo mismo que tú, esto lo han montado ellos —me reprochó Raquel.

La broma (por llamarla de alguna forma, pues se me ocurrían otras menos generosas) había sido para matarlos, eso era cierto. Pero entendía que hubiese quedado en segundo plano ante lo que había sucedido después con el triángulo.

—Anabel —se arrancó por fin Yomás—, ¿qué es lo que ha pasado?

—¡Cómo quieres que lo sepa!

—Tú nos has avisado de que había algo entre nosotros.

—Y eso mismo es lo que he sentido. Había algo, o mejor dicho, alguien entre nosotros.

No quería, no sabía o no estaba preparada para contarles que no me había pillado por sorpresa, que no había sido más que el último eslabón de una cadena de, por decirlo de alguna forma, manifestaciones sobrenaturales.

Draculín

Raquel y yo llegamos a mi casa. Mis abuelos, mi padre y Marga la saludaron con efusividad, le preguntaron por sus estudios, por su familia, le dijeron lo guapa que estaba... Vamos, lo típico.

—Papá, ¿podías acercar a Raquel a su casa?

—Anabel —mi padre me llamó aparte—. ¿Qué os ha pasado?

Se había dado cuenta, pero era algo que de camino, con la escasa lucidez que nos quedaba, ya habíamos previsto y la excusa estaba preparada.

—Nada, es que Draculín nos ha pegado un susto que no veas.

Draculín era un loco inofensivo del pueblo, que se dedicaba a asustar a los niños, subido a los árboles.

—¿Draculín? Pero si hace dos años ya ni te asustaba.

—Ya, pero... uf... esta vez nos ha pillado por sorpresa.

Mi padre se giró hacia Raquel y le preguntó por el percance. Yo, para tranquilizarla, me anticipé.

—¿Verdad, Raquel, que Draculín nos ha metido un susto de muerte?

Ella reaccionó como debía, apoyando mis palabras.

—Sí, todavía tengo el corazón a cien.

—¿Draculín? —mi abuela entrecerró los ojos, era su forma de mirar hacia atrás en el tiempo—. Pero si le vi el otro día con una pierna escayolada, andando con muletas. Me dijo que se había torcido un tobillo al pisar mal. ¡Cómo se va a haber subido a un árbol!

—No —salté yo—, ha sido desde unos arbustos, por eso nos hemos llevado el susto, porque no lo esperábamos.

Mi padre negó con la cabeza, como gesto claro de que no entendía nada, pero accedió a llevar a Raquel. Yo los acompañé. Cuando Raquel salió del coche, nos dedicamos una mirada cómplice. Habíamos conseguido que ninguna de las dos fuese sola a casa.

Renata

Abrí los ojos y todo estaba oscuro.

Solo después de retirar la sábana, la manta y el edredón, me di cuenta de que era de día. Había dormido acurrucada, hecha casi una bola, agarrada a mis rodillas y envolviendo con mi cuerpo la bolsa de agua caliente. Como si fuese a estar más segura por ocupar menos espacio. La noche pasada había tardado en dormirme una barbaridad, no hacía más que imaginar sonidos extraños y aventurar presagios malignos.

Cuando todos dormían, y venciendo mi inquietud, había tratado de sacar alguna conclusión lógica de lo que me estaba pasando. Al final tuve que dejarlo por imposible, y posponer mis pensamientos para la mañana siguiente, cuando estuviese más despejada.

Pero llegó la mañana siguiente y seguía sin ser capaz de aclarar nada. A pesar de todo, encontrarme en el piso de abajo con el ruido cotidiano de la casa me serenó un poco: la música de la radio, el secador de Marga, el vapor de la plancha, el tintineo de los últimos vasos del desayuno...

Toc, toc.

Alguien llamaba la puerta. En la casa del pueblo no había timbre.

—¡Qué sorpresa, pasa! —oí que decía mi abuela.

—Venía de comprar, me ha dejado el autobús en la plaza, y me he dicho: voy a hacerles una visita, que no he ido en lo que llevamos de verano —era mi tía Renata, la hermana mayor de mi madre.

Pese a la separación, ella no había perdido el contacto con la familia de mi padre. Al fin y al cabo, ambas eran familias del pueblo.

—Siéntate aquí, ¿quieres tomar algo? —mi abuela no había tardado mucho en preguntarlo, apenas un par de frases.

La escuché saludar a todos y después mi padre me vino a buscar a la cocina, donde me había escabullido, para que saliese a verla. Mi tía no me caía mal, en absoluto. Renata era como mi madre, pero en simpática. Lo que odiaba eran esas visitas de cortesía en la que todo eran frases hechas y sonrisas forzadas.

Fui a regañadientes y cuando llegué al salón sonreí como si fuese la chica más feliz de la creación. Que estaba muy mayor y muy guapa, que ya le habían dicho que había aprobado todas, que todavía no pensase en novios porque era muy joven para tener quebraderos de cabeza, que tu madre en la playa, ¿no?, hay que ver lo cabezona que es, que no viene al pueblo ni a rastras...

Yo asentía, sonreía y si tenía que decir un *sí* o un *no* para que su monólogo no se atascase, lo decía.

—Por cierto —intervino mi padre—, que hace un rato, cuando todavía estabas dormida, ha llamado tu madre. Por lo visto están sin bañarse porque hay una invasión de medusas.

—Pobre —dijo Renata.

Yo pensé que cada uno tenía lo que se merecía, pero enseguida me acordé de mis primos.

—Es verdad, pobres.

Entre nosotras pronto se interpuso mi abuela con una caja de pastas de té en la mano. La conversación se fue desviando por derroteros propicios para mi escaqueo, así que, poco a poco, con avances casi imperceptibles, me fui acercando a la puerta.

Salí de casa, aprovechando que Renata ojeaba las fotos del último viaje de mis abuelos a no sé qué ruta de iglesias románicas. No quería ir a ningún lado, solo tomar aire, así que me senté en el banco de enfrente.

¿De quién era esa voz? ¿Quién había movido el triángulo la noche anterior? ¿Qué querría esa *persona*? ¿Qué esperaba que hiciese? ¿Me querría comunicar algo a mí en particular? ¿Cómo podría ir a la Luna sin ser astronauta?

Aunque formulase de cien mil formas distintas la pregunta, siempre chocaba con la misma imposibilidad para responder.

Están allí... En la Luna...

Repetía mentalmente las palabras para ver si de tanto sobarlas, se desgastaban y dejaban ver su verdadera esencia.

De otra persona

—Bueno, hasta la próxima, Anabel.

Regresé de mis divagaciones. Era mi tía Renata, que salía por la puerta, cargada con las bolsas de la compra. Cuatro cabezas y cuatro manos se asomaron para despedirla.

Yo me acerqué y le di dos besos, pero cuando ya emprendía su camino, mi padre salió de casa.

—Anabel, acompaña a tu tía, que va muy cargada —casi me ordenó.

Qué fácil es quedar bien cuando es otro el que lo tiene que hacer. Le lancé a mi padre una mirada que más bien parecía una declaración de guerra.

—No, déjalo, si ya puedo yo —dijo mi tía, pero sus actos no se correspondían con sus palabras, y se quedó parada, esperando la ayuda que ella misma rechazaba.

—Venga, Anabel, que está aquí al lado —insistió mi abuela.

Claro, en el pueblo todo estaba aquí al lado, como era tan pequeño. Mi abuela sabía que a ella no le iba a llevar la contraria, así que me acerqué a mi tía, le tendí la mano para que me diese algunas bolsas y emprendimos el camino hacia la plaza.

La conversación siguió de la misma forma en que la habíamos dejado, con comentarios intrascendentes de Renata sobre lo bien que se llevaban Marga y mi padre; la necesidad de estudiar para *ser alguien*, como si el que no estudiase no fuese nadie; lo que estaría echando de menos a mi madre...

—¿A mi madre? —ahí ya no me pude contener—. Echo más de menos a mi peluche, fíjate.

—Ay, cómo eres, Anabel.

Entonces empezó a hablar de mi madre, casi sin mirarme, más bien pensaba en voz alta.

—Lo de tu madre, aunque no lo creas, fue de un día para otro, y todavía no nos lo explicamos. Ella nunca ha contado nada. Era una niña fantasiosa, un poco alocada —parecía como si me estuviese hablando de otra persona—. Cuando los abuelos nos dijeron que nos marchábamos del pueblo, ella tenía dieciséis años y yo, veinte.

Atravesamos la plaza y tomamos la cuesta que llevaba a la casa de mi tía, que no dejaba de hablar. Tuve la tentación de decirle que bastante poco me importaba la vida de mi madre, pero me pude contener.

—Yo asumí la decisión con naturalidad —explicaba Renata—. No quedaba otra alternativa. Era lo que había que hacer, con las minas al borde de la quiebra, despidiendo gente a mansalva. Pero tu madre empezó a despotricar: que ella no se marchaba del pueblo, que se escaparía y no la volveríamos a ver y barbaridades que prefiero ni decir. Total, que nos trasladamos a la ciudad y ella, *erre* que *erre*, que se largaría y que no le hablasen de nada más. Ahorraba lo poco que le daban con ese único fin.

Llegamos a la casa de mi tía y esta me hizo un gesto para que le diese las bolsas.

—No, venga, te ayudo a meterlas en casa —le dije.

Un peso de encima

Tenía que reconocer que me había ganado la curiosidad. No entendía lo que me estaba contando Renata, no me concordaba con lo que yo sabía. Según tenía entendido, desde que se marchó del pueblo mi madre no había querido volver, pero por lo visto no fue exactamente así.

—¿Y por qué no ha vuelto mi madre al pueblo si no quería marcharse por nada del mundo? —me vi obligada a preguntar, pues parecía que no tenía intención de hablar más.

Mi tía se detuvo en la puerta de la cocina y se volvió hacia mí con un gesto como de *¿Ah, pero de verdad te interesa lo que estaba contando?*, y prosiguió:

—¿Que por qué no ha vuelto? ¿Tú lo sabes? Pues yo tampoco. Cuando llevábamos unos días en la ciudad, de buenas a primeras, tu madre desistió de la idea de regresar. Así, plaf, de repente. No se la volvió a oír hablar del tema. Es más, lo rehuía como si la quemase. Pero ese no fue el principal cambio. Su forma de ser dio un vuelco. Pasó del día a la noche. Dejó de comer, dejó de reír, de tener esos sueños locos, esa vitalidad descontrolada e insolente. Se volvió huraña, triste. No quería saber nada de ninguno de nosotros... Era como si secretamente nos culpase de algo, como si hubiese que pedirle perdón por existir —esta persona que describía ya se iba pareciendo más a mi madre.

En ese punto, me envolvió un sentimiento de cercanía a mi tía, que creo que ella lo percibió. Por lo visto había sido la primera en aguantar lo que años más tarde estaba aguantando yo.

—En fin —dijo para concluir, y lanzó un suspiro al aire mientras negaba con la cabeza.

Yo dejé las bolsas sobre la mesa y me despedí de ella.

—Muchas gracias, Anabel, me has quitado un peso de encima.

Me marché, sin saber muy bien si se refería a las bolsas o a lo de mi madre.

Llego tarde

Por la tarde, el bocazas de Yomás ya se había encargado de relatar con pelos, señales, tableros y triángulos todo lo que había sucedido la noche anterior.

Al principio no se lo tragaba nadie, algo que no era de extrañar teniendo en cuenta que la información venía de Don Faroles. Solo empezaron a creerlo, aunque con lógicas reservas, cuando Raquel y yo corroboramos los hechos.

—Esta noche podíamos ir nosotros a hacerlo —dijo uno de los que no había estado la noche anterior.

—Te cagarías de miedo —le contestó Yomás, con su habitual tono de superioridad.

—Lo sabe por experiencia —le aclaré yo.

Yomás me lanzó una mirada de reproche, pero no dijo nada. Sabía que no tenía argumentos para defenderse porque yo había dicho la verdad. De todas formas, ninguno de los cinco quisimos volver a ver la *ouija* ni en pintura. Así que quedamos para después de cenar, pero sin intención de tentar al más allá.

Cuando bajaba hacia la plaza para cenar, vi una figura a lo lejos. No me costó mucho reconocer de quién se trataba: ese andar cansino, con pasitos cortos, ese encorvamiento, ese bastón tembloroso... Era el anciano del otro día. Él subía y yo bajaba.

¿Pero qué hacía este hombre solo por el pueblo?

A medida que me acercaba iba recordando ese rostro invadido por arrugas, entre las cuales trataban de aparecer los ojos y la boca. Hasta que no le tuve a escasos tres metros no me di cuenta de que estaba hablando. Apenas movía los labios. Desaceleré mi paso para captar su voz:

— Llego tarde y, sin mí, ese aprendiz que me han adjudicado no va a saber barrenar. Qué inconsciente, no le tiene miedo ni al grisú ni a nada, si no fuese por mí...

«Barrenar» era un término de minería cuyo significado exacto desconocía. Y el grisú era el gas más temido por los mineros ya que, en concentraciones altas, podía explotar.

Había dos cosas que me dejaban totalmente descolocada: la primera, que las minas ya no estaban en funcionamiento; y la segunda, que aunque siguieran en activo, ese hombre no tenía ni edad ni fuerza para levantar siquiera el casco minero.

Me detuve cerca de él. Miró hacia mí por un instante, pero fue como si hubiese visto un árbol, o peor, como si no hubiese visto nada. Tuve una extraña sensación de invisibilidad.

La Luna era...

Continué el camino hacia mi casa. Unos metros antes de entrar en la plaza de abajo, giré la cabeza para verle. A donde quiera que fuese, iba a tardar mucho en llegar.

Cuando miré de nuevo al frente, encontré a una señora en el lado opuesto de la plaza. Tendría una edad entre la de mi tía Renata y la de mi abuela. Parecía nerviosa, en tensión. Miraba con inquietud a todas partes. Empezaba a andar hacia un sitio, pero al instante se paraba dubitativa y tomaba otra dirección que tampoco le convencía.

Yo caminé hacia ella. Bueno, más que hacia ella, hacia mi casa, pero ella se interponía en el camino.

—Perdona, bonita —me dijo cuando me encontré a tiro de su voz—. ¿No habrás visto por aquí a un señor muy mayor?

Estuve a punto de contestar, pero se me encendió una bombilla.

—¿A un señor muy mayor? Mmmm.

Hice como que estaba pensando, pero lo que realmente hacía era tiempo, para ver si la mujer me daba más datos de él. Total, en un minuto era imposible que se alejase mucho.

—Sí, es mi padre. ¿Le has visto? —me apremió la señora.

—Creo que sí... casi mejor la acompaño, porque no recuerdo muy bien dónde —mentí.

Me miró sin entender nada. Sin embargo, no puso pegas. Su desesperación era mayor que su extrañeza. Me di la vuelta y empecé a andar. Ella me siguió.

—Si es su padre el que he visto, iba enfadado, diciendo algo así como que subiría a la Luna para poner a caldo a no sé quién —volví a mentir, aunque tampoco me pareció tan grave, en el fondo era una verdad dicha en un tiempo equivocado.

—Pooobre, no reconoce a su familia, ni recuerda lo que le dices o lo que hace; y, sin embargo, de vez en cuando le vienen escenas sueltas del pasado, como si las estuviese viviendo. Tiene Alzheimer.

—Pero decía que iba a subir a la Luna —insistí yo.

—Claro, a La Luna... a la casa del ingeniero.

—Ah —fue lo único que acerté a decir.

Sentí lo mismo que cuando vas en el coche a toda velocidad por una carretera llana y de pronto llega una bajada: el vacío en mis tripas. Aunque había tirado conscientemente de la lengua a la señora, no tenía muchas esperanzas de conseguir ninguna información útil.

Es verdad que tampoco me aclaraba nada, que añadía confusión a la confusión; pero al menos, sabiéndolo, podía encajar unas pocas piezas de ese puzzle inabarcable.

La casa del ingeniero... esa mansión que casi me había hipnotizado la noche anterior.

¿Era posible que me hubiese llegado la carta desde allí?

Están allí.

¿Pero quiénes?

Distante e inaccesible

—¿Y por qué...? —me disponía a preguntarle algo más, pero el grito de la señora, nada más ver al anciano, truncó mis palabras.

—¡Papá!

Salió corriendo hacia él. Se encontraba a escasos cincuenta metros de donde me lo había cruzado antes. La señora lo alcanzó, pero el hombre no le hacía caso y se negaba a darse la vuelta.

Yo también aceleré el paso y no tardé en llegar a la altura de los dos.

—... por hoy ya has terminado. Te tienes que duchar, que vienes con carbón hasta en las uñas —le estaba diciendo en ese momento a su padre, que finalmente accedió a volver, convencido quizá de que regresaba de un día de duro trabajo en la mina.

—Me he cruzado con Margarita —informó el anciano—, que hoy no ha ido al colegio.

—Papá, Margarita soy yo.

La señora, sin soltar a su padre, me miró y se encogió de hombros, resignada. Yo resoplé, dándole a entender que me hacía cargo de su situación. Los tres comenzamos a andar hacia abajo, al lento paso que marcaba el anciano.

Egoístamente, tengo que reconocerlo, no podía evitar pensar en lo mío, así que unos metros más adelante volví a la carga:

—¿Y por qué le llamaban La Luna?

—Era la casa más alejada y más elevada del pueblo y, sus dueños, las personas más distantes e inaccesibles, con diferencia. Además, como la construyeron con un ladrillo muy claro, en las noches en que brillaba la Luna, también brillaba la casa. Supongo que por todo eso terminaron llamándola La Luna.

—O sea, que su padre estaba reviviendo un momento de su vida en que subió a decirle *cuatro cositas* al ingeniero.

—A saber si lo vivió o simplemente lo deseó —la señora negó con la cabeza—. No había ningún minero que no odiase al ingeniero. Te lo puedo asegurar. Era un explotador que luego ni se dignaba a mezclarse con los trabajadores. Le debía de parecer algo bajo y sucio. Lo controlaba todo, por eso construyó la casa sobre la mina, para que nadie escapara de su mirada. ¿Y su mujer? Tal para cual. Una finolis estirada que te miraba como si estuviese en el zoo frente a la jaula de los monos.

Llegamos a la plaza y el anciano y su hija debían vivir, seguramente, aun más abajo. Era el momento de separarnos, pero la mujer había cogido carrerilla y no era cuestión de cortarla, así que dejé atrás la plaza y seguí junto a ellos.

—Fue el ingeniero quien, al ver que las minas dejaban de ser rentables, empezó a proponer despidos. Fueron momentos difíciles para el pueblo, y gran culpa la tenía él, o al menos esa era la sensación que flotaba entre todos. Algunos se fueron antes de que cerraran definitivamente, y otros se quedaron, con la ilusa esperanza de que no cerrasen. Aquí lo pasó mal todo el mundo, incluso el ingeniero, que terminó pagando las consecuencias. Tenía muy mala sangre, pero tampoco se merecía...

La señora miró hacia un lado y se detuvo frente a la puerta de una casa.

—... lo que le pasó. Bueno, bonita, nosotros nos quedamos aquí. Muchas gracias por ayudarme a encontrarlo.

Cuando quise reaccionar, ya estaban entrando en casa.

Yo caminé hacia la mía, y cuando vi la hora que era, empecé a correr.

Linterna

Cuando llegué, mi familia ya iba por el postre. El lento caminar del anciano me había retrasado bastante. Mi padre hizo intención de ir a regañarme, pero yo me adelanté:

—Ya, papá, lo siento, tenía que haber llegado a la hora de cenar, pero es que estaba con los amigos y se me ha pasado el tiempo sin darme cuenta.

Verme pidiendo disculpas por anticipado los dejó a cuadros. Lo hice para que no se le ocurriese castigarme a no salir esa noche y porque no tenía la cabeza para otros ruidos que no fuesen los de La Luna. Mi mente trabajaba al límite, valorando la posibilidad de pedirle a algunos amigos que me acompañasen esa noche a la casa del ingeniero. Pero claro, si pasaba algo extraño, no me quedaría más remedio que contarles todo.

Cené sola en la mesa. Mi abuela y Marga estaban fregando y mi padre y mi abuelo recostados en el sofá frente a la tele. Menos mal que los tiempos habían cambiado. Yo estaba ensimismada, nerviosa, anticipando el pánico que podría llegar a sentir en la Luna.

Antes de salir, abrí a hurtadillas el cajón de un mueble de la entrada, cogí la linterna y pulsé el botón para probarla. Funcionaba.

Como llevaba mucha ropa, me la guardé dentro de la cazadora y, mientras me despedía, nadie notó que la llevaba allí.

El camino hasta la plaza de arriba se me hizo más llevadero, entretenida con el haz de luz de la linterna. Lo acercaba, lo alejaba, me enfocaba los pies, lo elevaba hacia el cielo y sonreía imaginándome que de repente se hiciese de día, incluso estuve tentada en dirigirlo a alguna ventana para asustar a los que estuviesen dentro, pero al final me reprimí.

Arriba había mucha gente y no me atreví a decir nada. Me aburrí bastante porque se pasaron un buen rato hablando de fútbol. Afortunadamente nadie mencionó el tema de la *ouija*. Luego la cosa mejoró un poco. Alguien sacó una baraja y estuvimos un rato jugando. Cuando casi era medianoche, la gente se empezó a marchar a casa.

Solo quedábamos Raquel, Yomás, uno de los chicos del cementerio, otra amiga más y yo.

—Os voy a pedir una cosa —les dije de repente, en tono serio—. Necesito que me acompañéis a la casa del ingeniero.

Los cuatro me miraron con recelo.

—Creo que allí hay algo que quiere ser descubierto. Tengo un presentimiento tan fuerte que es casi una certeza.

Algo

Me miraban como si estuviese desvariando, y en el fondo los comprendía. En circunstancias normales, yo habría mandado muy lejos al que me hubiese hecho semejante propuesta, y más aún la noche después de la *ouija*.

La primera en mirar el reloj fue la chica. Pésima señal.

—Yo ya me marchaba y, si vamos a eso —ni siquiera se atrevía a llamarlo por su nombre— se me va a hacer muy tarde.

Se despidió de nosotros y se dio la vuelta.

—¡Espera! —la llamó el otro chico, y nos miró a nosotros—. Desde lo de ayer, casi no he pegado ojo. Lo estoy pasando fatal y no quiero pasarlo peor aún. Lo siento —y se marchó cabizbajo junto a la chica.

Por lo menos este había sido sincero. Lo peor de todo era que no podía culparlos por su actitud.

Nos quedamos Raquel, Yomás y yo. Ellos dos se miraron entre sí, como tratando de adivinar la intención del otro. Estaba claro que si Raquel accedía, Yomás no iba a ser menos, así que ataqué por ahí.

—Por favor, Raquel.

Ella encogió el gesto.

—Pero, tía, ¿no tuviste bastante con lo de ayer?

—No es eso. A mí también me da miedo, de verdad, pero...

Ya me había quedado sin argumentos cuando irrumpió la voz de Yomás.

—¿Quién dijo miedo?

Yo sonreí. Por eso no me iba a empezar a caer bien, estaba claro, pero había ganado algunos puntos. A pesar de su aparente seguridad, pude notar como al final de la palabra *miedo* le había temblado un poco la voz.

Raquel dudó un buen rato. No entendía nada, pensaba que era otra broma que queríamos gastarle Yomás y yo, esta vez a ella. Después de jurar y perjurar que no se trataba de eso y que Yomás no tenía ni idea de nada, conseguí convencerla a regañadientes.

—Vale, pero ¿qué puede haber allí? Anabel, dímelo.

—Que no lo sé, en serio... Algo.

—Algo, algo... —refunfuñaba mientras empezamos a caminar.

Camino

Salimos del pueblo por el mismo camino que la noche anterior, pero con menos personas alrededor en las que cobijarte. La sensación de desvalimiento era muy superior. No hablábamos, cada uno caminaba enfrascado en sus propios pensamientos, en sus propios temores. Ninguno iba delante de los demás: los tres en fila y bien pegados.

A lo largo del trayecto, se oían chicharras, grillos, lechuzas, cárabos, y culebras persiguiendo roedores, invisibles a los ojos, pero delatados por el movimiento de hierba que originaban sus correrías a ras de suelo. Nosotros no nos salíamos del asfalto.

De la Luna, la del cielo, lo único que se veía un poco difuso era el borde izquierdo. Estaba prácticamente llena, por lo que nos acompañaban, además, nuestras débiles sombras de claridad lunar.

Los árboles dejaron paso a las ruinas de la explotación minera. Seguimos avanzando por la carretera hasta que llegamos al camino que la noche anterior nos había llevado al cementerio. No alcanzamos a ver ni la puerta, pues antes nos desviamos por el camino que conducía a la casa del ingeniero.

Como sonido de fondo, se empezó a escuchar el aullido de un perro salvaje, que se quedaba flotando en un interminable eco.

El camino era cuesta arriba todo el rato. Crecía hierba por en medio, aunque empezaba a brotar también a ambos lados, en la zona pisada por las ruedas de antiguos coches.

Llegamos a lo alto del cerro y nos detuvimos los tres como un solo cuerpo. La vista desde allí era magnífica. A un lado, la montaña, con la niebla, no muy lejos de nosotros, escurriéndose sobre el tupido manto de árboles; y al otro lado, justo debajo, la mina, y más allá el pueblo, flotando en la luz anaranjada de sus farolas.

Frente a nosotros, se levantaba el muro que rodeaba la finca de la casa. El óxido se había apoderado de cada uno de los barrotes de la reja de entrada. Las dos hojas en que se dividía, estaban fuera de sus bisagras, casi recostadas en el muro. El hueco que dejaban era suficiente para que pasásemos, pero de uno en uno, y de lado.

Nos miramos, e instintivamente nos dimos la mano. No sabría decir cuál estaba más fría y más rígida.

Nube oscura

Fui yo la primera en entrar, pues era yo la que había promovido esa incursión. Me siguió Yomás y, por último, Raquel. La finca era muy amplia. Nuestra vista no podía abarcarla entera. Seguí el muro y comprobé que se perdía en la niebla, monte arriba. Debido al abandono, el terreno se había llenado de hierbas y matojos de gran altura. La mayoría de los árboles estaban secos, algunos resquebrajados.

Agrupados de nuevo, recorrimos el camino hasta que por fin apareció la casa, con sus paredes claras y sus ventanas con los cristales rotos. Ya cerca, el camino se dividía en dos. El más ancho iba a parar a un cobertizo contiguo que debió hacer las funciones de garaje; y el otro, empedrado, moría justo a los pies de la casa. De cerca, la pared no brillaba tanto y se apreciaban las grietas que la surcaban, heridas abiertas en la piedra; en algunas cabría hasta una mano.

La puerta de madera, cuarteada por el tiempo, parecía cerrada, pero al rozarla se abrió unos milímetros. Instintivamente me eché hacia atrás.

—¿Qué pasa? —preguntó Raquel, con voz temblorosa.

—Me da miedo abrirla —confesé.

—Si hemos llegado hasta aquí, tenemos que entrar —intervino Yomás, aunque sin mucha convicción.

—Abre tú, entonces —más que una orden, fue una súplica.

Yomás dio un paso hacia la puerta y la empujó suavemente. Cuando aún no había terminado de abrirse, también retrocedió.

—¿Qué pasa? —pregunté yo esta vez.

Yomás no contestó, sino que señaló con el dedo a la oscuridad de dentro.

Un ruido desconocido empezó a ganar fuerza. Provenía del interior de la casa y cada vez sonaba más cerca de la puerta. Hasta que no lo tuvimos casi encima, no nos dimos cuenta de lo que era.

—¡Aaaaah! —grité yo, y creo que también los demás, aunque no lo oí.

Una oscura nube de murciélagos venía hacia el hueco de la puerta, donde nos encontrábamos los tres. Poseída por el miedo, pensé que se nos echarían encima y nos devorarían sin piedad.

laberintro

¿Qué harías en el lugar de Anabel?

Si decidieses quedarte inmóvil,
ve a **Resonancia** (p. 94).

Si prefieres apartar los murciélagos,
ve a **Fino hilo** (p. 87).

Galletas María

(Vienes desde Canica)

Repasé la escalera de arriba abajo, incluso golpeé con los nudillos las baldosas de alrededor por si alguna sonaba hueca, pero no conseguí nada. Cuando estaba a punto de desistir, me senté en el suelo y apoyé el codo sin querer, justo en el lugar donde terminaba el primer escalón y comenzaba la madera vertical del segundo. Noté cómo se me hundía levemente el brazo. Apreté de nuevo, esta vez con ambas manos, y el escalón se levantó un palmo, como si fuese la tapa de un piano.

Con lo fácil que era...

Dentro, oí cómo algún pequeño bicho corría a esconderse.

Coloqué la linterna bajo el tablón, de modo que lo sujetase y a la vez iluminase el interior. Envuelta en telarañas, casi parecía flotar en ellas, había una especie de caja rectangular.

En otra situación no habría metido la mano allí ni con un cuchillo en el cuello, pero esos momentos cada partícula de mi cuerpo me pedía que venciese al miedo y al asco. Acababa de descubrir algo, yo sola, y no estaba dispuesta a dejarlo escapar ahora que lo tenía a mano. Había sido mucho lo que había sufrido hasta llegar allí como para andarme con remilgos.

Saqué la caja con ambas manos y soplé con fuerza para quitarle los restos de telaraña y polvo.

No pesaba mucho. Era metálica, pero el óxido inundaba sus seis caras. Solo se había salvado, como una isla en medio del océano, una pequeña zona de la tapa en la que se podía leer: *Galletas María*. La agité y dentro sonó algo que no parecía duro.

Temí que, después de todo, el gran misterio no fuese más que unas cuantas galletas mohosas o casi descompuestas, y nada más.

Enfoqué a todos los rincones del hueco, pero allí, aparte de telarañas, no había nada más.

Saqué la linterna y dejé que la tabla volviese a su horizontalidad inicial, como el resto de escalones.

Cuando me disponía abrir la caja, sucedió algo parecido a un terremoto. El suelo, las paredes, el techo... todo tembló, incluido mi cuerpo. La columna más alejada de mí se tronchó como un palillo, con el consiguiente derrumbe en esa zona; la grieta del salón se abrió tanto que hasta cayó por ella una de las sillas del piso superior.

Si no me daba prisa, ese sótano podía ser mi tumba.

Corrí hasta las escaleras y comencé a subir los escalones de tres en tres. Llevaba en una mano la caja y en la otra la linterna. Ahora sí que no me cabía duda, temblaba todo: La Luna y mi cuerpo. Justo cuando iba a tomar impulso para dar el último salto hasta el salón, la escalera cedió bajo mis pies y se vino abajo.

Colgada del aire

Como una gata, por puro instinto de supervivencia, solté todo lo que llevaba encima y me enganché al suelo del salón. Me quedé colgada de él, mientras la escalera se hacía pedazos a mis pies. Tenía los brazos extendidos y la barbilla justo en el borde, eran mis únicos puntos de apoyo. El resto de mi cuerpo permanecía suspendido en el aire.

La caja de galletas cayó al instante frente a mí. Rebotó varias veces, emitiendo una estridencia de metal muerto, pero no llegó a abrirse. Se quedó boca abajo, a escasos centímetros de mis manos.

Estiré los brazos, pero no podía alcanzarla. Tampoco me preocupaba mucho la caja en esos instantes.

La que debía haber caído al sótano era la linterna. Palpé con las manos el suelo, buscando algo con lo que asirme, un punto de apoyo para hacer fuerza y poder subir, pero el todo estaba liso y lo único que conseguí fue remover polvo y tierra.

Probé a elevarme de la misma forma que lo hacía a veces en la piscina, cuando salía sin usar las escalerillas, pero me resultó imposible. Mi cuerpo, al no estar sumergido en agua, pesaba muchísimo más.

De pronto, se oyó un ruido en el piso de arriba. Me encogí y apreté los dientes, temiendo que cualquier cosa fuese a caer sobre mí y me sepultase definitivamente. Pero el estruendo fuerte sonó en la parte de la entrada.

Aunque desde mi posición no pude verlo, sí sentí en mis propios brazos cómo el temblor provocado por el golpe recorría el suelo. De pronto, la parte a la que yo estaba sujeta se inclinó. No mucho, pero sí lo suficiente para que mis brazos empezaran a resbalarse. Intenté presionar el suelo con las manos, para evitar el deslizamiento, y lo único que conseguí fue despellejármelas.

Me quedé colgada del mismo borde, solo con las manos.

Una gota de sangre surgió entre el dedo índice y el corazón de mi mano izquierda. Se me escapaba la fuerza gota a gota, segundo a segundo.

No me preocupaba la caída en sí, pues la altura no era excesiva, sino quedar atrapada, sin salida posible, en el sótano de una casa que se estaba derrumbando.

Me acordé del edredón de mi cama, de la bolsa de agua caliente que dejaba mi abuela... Y chillé. Chillé con todas mis fuerzas, como una loca desesperada, exactamente lo que era en esos instantes; maldije todo lo que me había llevado hasta allí: fotos, cartas, voces, presencias, *ouijas*, espíritus, grabaciones, piernas espectrales... Incluso me reí de ello.

Me daba igual. Ya no tenía miedo. De hecho, me veía más cerca que nunca de ese *otro lado*.

El dolor en las manos se hacía insoportable. La gota de sangre dejó atrás la escarpada orografía de mi mano y se diluyó en el tejido de mi jersey.

Iba a caer, antes o después. ¿Para qué alargar el sufrimiento?

Abrazo

Abandonada a mi suerte, sin mirar siquiera hacia abajo para ver sobre qué iba a precipitarme, solté las manos.

Pero no caí, y no caer me produjo casi más vértigo que caer.

Flotaba como una pompa de jabón.

Algo me había envuelto y me elevaba despacio. No sabía determinar si tiraba de mí desde arriba o si me empujaba desde abajo. Era tan inexplicable como que una fuerza invisible me abrazara, me rodeara, me abarcara, haciendo que mi cuerpo fuese más ligero que el propio aire.

No fueron más que un par de segundos de irrealidad, de sentir lo que quizá nadie haya sentido jamás. Llegué a la altura del suelo del salón, la fuerza se desvaneció y mi peso volvió a estar sujeto a las leyes de la gravedad.

Pese a lo impresionada que estaba, tuve que reaccionar rápido, la casa seguía desmoronándose. Prácticamente a ciegas, tomé la caja y me dirigí hacia la salida. Tropecé con algo en el camino. Intenté bordearlo, pero no pude llegar a la puerta. Lo que minutos antes era el recibidor, ahora eran solo escombros.

Buscando una ventana, di con una enorme grieta en la pared.

No me lo pensé dos veces.

La atravesé sin saber qué había al otro lado, y caí al suelo desde una altura que en la oscuridad no podría calcular. El golpe no fue como para romperme nada, pero sí me levanté magullada. Miré a mi alrededor y vi lo mismo que si hubiese tenido un parche en cada ojo. La oscuridad era espesa, impenetrable.

No había salido aún de la Luna, era evidente. Estaba en otra estancia. De vez en cuando, retumbaba el suelo.

Caminé con torpeza en medio de la negrura, agitando frente a mí la mano que me quedaba libre. Unos metros más adelante, tampoco sabría especificar cuántos, me topé con una pared. Pese a que mis manos habían perdido gran parte de su sensibilidad por los rasponazos, noté que era de madera, y que... no, no era una pared, sino una puerta; y una puerta grande, muy grande.

Tomé carrerilla y, con todas mis fuerzas, salté contra ella, con el hombro menos dolorido por delante. Para mi desconcierto, la puerta cedió con facilidad y cayó al suelo. Y yo, claro, encima de ella.

Pese al costalazo, no solté la caja.

Tumbada sobre el portón caído, observé el camino que atravesaba la finca, las ramas retorcidas de los árboles, el mar ondeante de arbustos, la noche agujereada, la Luna llena...

Estaba fuera de la casa. Acababa de salir por la cochera.

Ahora sí.

Derrumbe

Mi cuerpo, más que temblar, se sacudía, nunca había estado sometido a semejante tensión. En mi vida había vivido algo tan intenso, pero ni que se acercase remotamente. Tomé aire despacio y tuve la sensación de estar respirando por primera vez desde que entrara en la Luna. Sin embargo, el conato de alivio duró muy poco, justo lo que tardó en caer a mi lado un bloque de ladrillos y cemento, que aplastó un lateral de la puerta.

Alcé la vista y no me dio tiempo a ver nada. Mientras se escuchaba el ensordecedor estruendo del derrumbe, una nube de polvo, tierra y piedrecillas me atrapó.

De inmediato, me tapé la nariz y la boca con la mano y salí corriendo a ciegas hacia donde había visto antes que estaba el camino. Por suerte, a medida que me alejaba de la casa, ganaba visibilidad.

No miré atrás. Ya no. Me limité a correr, a reír y a llorar.

Salí de la finca y en el camino que bajaba del cerro, me escurrí varias veces con el barro hasta que caí y resbalé un par de metros con mi culo y mi espalda. Pero ya era inmune a todo: al dolor, a la rabia, al miedo... No notaba presencias, no me sentía observada ni perseguida. De hecho, aunque costase creerlo, me sentía segura.

Lo único que movía mis piernas era el deseo de llegar cuanto antes a mi cama. Habría dado todo por aparecer dentro de ella; todo, menos una cosa: la caja de galletas.

Enlacé el camino del cementerio con la carretera. Desde allí pude comprobar como, en medio de la espesura, el viento agitaba la tremenda polvareda, que subía, como si fuese al encuentro de la verdadera Luna, aquella que le prestó su nombre y su luz, a su vez prestada del Sol.

Ya no había Luna.

Había sido devorada por ella misma, como la canica por su resplandor.

Aunque la noche estaba todavía cerrada, tras el accidentado horizonte se intuía un leve degradado de color, que era como el primer pelo que se le veía asomar al amanecer.

Dentro del pueblo no desaceleré, pero sí me moví con más cautela, con los ojos más abiertos. Avanzaba pegada a las casas, a los muros, a los cercados de los huertos... de sombra en sombra, esquivando charcos.

En mi casa no había ninguna ventana encendida, lo cual era buena señal pero tampoco aseguraba nada.

Estuviesen o no despiertos, yo tenía que entrar, y cuanto antes lo hiciese, mejor. Si me pillaban, mala suerte... pésima suerte. No quería ni pensarlo. Saqué la llave del bolsillo y abrí la puerta con infinito cuidado. Luego cerré por dentro y la dejé en la cerradura, tal y como la había encontrado al salir.

Entré en la cocina pero no me dio tiempo a hacer ni pensar nada. Unos pasos rechinaron en las escaleras. Alguien se había despertado y estaba bajando. Lo último que quería era que descubriesen la caja.

A mi lado estaba la ventana. No tenía más que abrirla y lanzar la caja. Caería sobre césped y así no sonaría. Pero también podía correr hasta el servicio y esconderme allí; aunque como no sabía a qué distancia estaba de mí la persona que bajaba, quizá me pillara de todas formas. En cualquiera de los casos, mi situación era más que complicada.

labe*rintro*

¿Cómo actuarías si fueses Anabel?

Si decidieras tirar la caja por la ventana,
ve a **Ladrido lastimero** (p. 249).

Si intentaras llegar al cuarto de baño, dirígete
a **Espejo** (p. 181).

Risa floja

(Viene desde Vacaciones)

El viaje lo hicimos apretados, pues íbamos seis en el coche: mis tíos, mi madre, Alicia, Sergio y yo. Cuando nos cruzábamos con un coche de policía, Alicia, la más pequeña, se tenía que agachar para que no nos pusiesen una multa.

Nos pasamos todo el trayecto contando chistes e inventando juegos absurdos. Cuando vimos el mar (era la primera vez en todo el año) empezamos a gritar como locos y solo logró callarnos mi madre sin necesidad de abrir la boca, con una de sus fulminantes miradas. A mí ya no me impresionaban, pero mis primos parecieron hacerse pequeños en el asiento.

No volvimos a abrir el pico hasta que llegamos al pueblo. Era una fila interminable de hoteles, apartamentos y centros comerciales amontonados en la orilla, como peleándose por ver cuál de ellos se asomaba más al mar.

Primero tuvimos que pasar por una inmobiliaria, donde nos dieron las llaves del apartamento.

Una vez allí, dejamos las maletas, cada uno sobre la cama que había elegido y corrimos los tres hasta el balcón. A un lado, la enorme playa; y al otro, el sol. Aún le quedaban algunos minutos para ocultarse. No tuvimos que decir nada, nos miramos y acto seguido nos dirigimos al salón. Sergio fue el que abrió fuego:

—Mamá, ¿podemos bajar a bañarnos?

La negativa inicial era algo que esperábamos, así que los tres, uniendo nuestras fuerzas, nos pusimos todo lo pesados que fuimos capaces, que no fue poco, por cierto.

Al final, por pura desesperación, accedieron; al menos mis tíos, pues mi madre no quiso pronunciarse. Quizá no quería liarla desde tan pronto.

Prometimos que no nos meteríamos hasta donde cubría y que si notábamos una mínima resaca, inmediatamente abandonaríamos el agua.

—Os vamos a estar vigilando desde el balcón —indicó mi tío.

Salimos a la calle con el bañador, la toalla y la risa floja. Para llegar, solo teníamos que atravesar la urbanización y cruzar el paseo marítimo. Bajamos la rampa que desembocaba en la playa y nos quitamos las chanclas.

Sobre la arena solo había grupos desperdigados de jóvenes riéndose a carcajada limpia, parejas tumbadas, algún paseante solitario y hamacas apiladas junto a una zona de sombrillas de madera y paja.

Alicia señaló al puesto de vigilancia.

—Mirad, ya han quitado la bandera.

A esas horas no solía haber ni bandera ni vigilante. El asiento elevado y el mástil estaban vacíos. Pero debajo, enganchado a la escalerilla, había un enorme cartel en el que ninguno de los tres reparó.

Casco de moto

No era de noche ni de día, aún quedaba un pequeño arco de sol en el horizonte, a nuestras espaldas. Caminamos hacia la orilla. Las alargadas sombras que proyectábamos nos precedían, primero reptando por la arena y luego ondeando sobre el agua. Me mojé un pie: estaba fresquita, pero no cortante.

Yo tenía intención de meterme en el agua poco a poco, pero al final fue imposible. Empezamos los tres a empujarnos, salpicarnos, chillar, saltar, bucear, hacernos aguadillas.

No nos metimos en lo profundo, no porque lo hubiésemos prometido, sino porque el agua, a medida que se alejaba de la orilla, empezaba a oscurecer y nos imponía respeto.

—¡Anabel, hay algo detrás de ti! —dijo Sergio de pronto.

—¿Pero qué es eso, un casco de moto? —preguntó Alicia, mientras retrocedía.

Yo me reí. Pensé que estaban intentando asustarme y al principio no les hice caso, pero enseguida me di cuenta de que no bromeaban. Los conocía bien, no eran tan buenos actores. Me volví y a un metro escaso de mí, flotando, había algo parecido a un casco, efectivamente, o a un balón. ¿Y si era un casco y había alguien debajo de él? Pero era demasiado liso y blanco, casi traslúcido. Además, en torno a aquello había otras bolas blancas, pero más pequeñas y sumergidas. Era como un sistema solar acuático y en miniatura.

Cuando quise reaccionar, noté una pequeña picadura en el tobillo.

Ni un casco, ni una pelota, ni un sistema solar... Era una medusa enorme acompañada de las que debían de ser sus crías, una de las cuales me acababa de picar. A continuación, me rozó otra, y otra, todas por las piernas. Y de pronto, uno de los tentáculos de la medusa grande, que colgaban de ella como trapos mojados, me picó en el muslo. Sentí un dolor muy intenso, como si me hubiese rozado algo hirviendo: fuego dentro del agua.

Empecé a gritar, a dar patadas y manotazos desesperadamente, pero cada movimiento me conducía a una nueva punzada. Incluso en uno de mis lances, un tentáculo rozó mi oído y mi mejilla. Sentí como si tuviese la piel en carne viva y encima alguien hubiese pasado una lija.

Invasión

Estaba realmente agobiada, había puntos blancos en cualquier dirección que quisiera tomar, así que me dirigí hacia la orilla. Podía esquivar las medusas que nadaban más cerca de la superficie, pero de vez en cuando sentía un picotazo profundo en los pies y tobillos.

Salí de allí como pude y en el mismo borde del agua me dejé caer. En mis manos no había uñas suficientes para tanto picor. Sobre mi piel se mezclaba la arena, el agua salada y esa gelatina urticante y babosa que me habían dejado de recuerdo las medusas y que seguía quemando o picando o escociendo o... ya no sabía ni distinguir el tipo de dolor.

No tenía fuerzas ni para maldecir a las medusas ni a los curiosos que se acercaban a verme. ¡Ni que fuese un mono de feria!

Mis tíos y mi madre bajaron enseguida, me ayudaron a subir al coche y dimos quince vueltas hasta que encontramos un centro sanitario. Después de aplicarme una crema, el espabilado del médico me dijo que estaba demasiado nerviosa para lo que tenía. Luego empezó a dar explicaciones científicas con palabrejas inverosímiles, de las que pude entresacar que las medusas no atacaban, que prácticamente se dejaban llevar por la corriente.

—De hecho, apenas ven —siguió con su clase magistral—, solo distinguen la luz de la oscuridad. En resumen, que si hubieses mantenido la calma y te hubieses alejado de ellas desde un principio, quizá solo tendrías una, o a lo sumo dos picaduras.

—Oiga —le tuve que detener—, ¿todo este rollo para qué es, para echarme a mí la culpa de que me hayan picado por todas partes, o es solo para hacerse el listo?

El médico se ofendió, mi madre me echó la bronca, pero yo me alegré.

Sin embargo, tras esa breve victoria, la realidad volvió a caer sobre mí. Me pasé el resto de los días prácticamente metida en casa. Cuando bajaba a la playa, era con pantalón, camisa de manga larga y visera calada hasta las cejas. Obviamente, me asaba de calor, pero me negué en redondo a quedarme en bañador, pues mi cuerpo parecía un campo de batalla.

Y lo peor de todo, aquello que le sirvió a mi madre para echarme en cara lo sucedido, fue que en el cartel que colgaba del puesto de vigilancia, y en otros tantos que había repartidos a lo largo de la playa anunciaban la prohibición de bañarse por una repentina invasión de medusas.

—Era más difícil no ver los carteles que verlos —decía mi madre, señalando aquí y allá.

Sentía que en el fondo se alegraba de lo que me había ocurrido.

Envenenada por mis propios pensamientos y por mi reclusión semiforzada, tuve otra invasión en mi cuerpo: de mala leche. Una de las discusiones subió tanto de tono que llamó a la puerta el vecino de al lado. Era alemán, no hablaba ni *jota* de español. Lo único que hacía era pedir calma con las manos.

Menos mal que solo fue una semana. El mejor día del verano fue el último: por fin me alejaba de allí. Si lo hubiese sabido con antelación, desde luego que me habría ido al pueblo con mi padre.

laberintro

Vuelve a **Pozos muertos** (p. 104).

Mensaje

(Vienes desde Caza)

Seguí corriendo por la carretera. Entrar en la mina sin linterna habría sido un suicidio, la oscuridad del subsuelo sería total y, lejos de esconderme, me habría acorralado.

Llegué al pueblo con el corazón en la boca, agotada, pero sin intención de parar.

—Que ha sido una broma —oí muy de lejos la voz de Yomás.

Tardé cinco zancadas en procesar sus palabras y, cuando lo hice, me detuve en seco. Los cuatro venían corriendo detrás de mí por la carretera.

A medida que se acercaban, fueron disminuyendo el paso, como si ninguno se atreviese a acercarse. Tenían motivos para temerme. Era la broma más pesada que jamás me habían gastado.

—¡Iros a la mierda, imbéciles! —los insulté, al borde del llanto—. Lo que vosotros no sabéis es que hemos desatado algo. Ahora mismo está entre nosotros.

—Pero qué dices. Relájate, que me da a mí que todavía

te dura el susto. Mira cómo lo hemos hecho —dijo uno de los chicos.

Sacó el tablero, lo posó en el suelo y colocó el triángulo sobre él. Los otros dos se hincaron de rodillas y se disponían a colocar sus dedos sobre el triángulo cuando empezó a moverse solo, sin que nadie llegase a rozarlo.

Me quedé con más insultos en la boca. El suelo estaba horizontal, era imposible que el triángulo se estuviese resbalando por el tablero.

No tenía fuerzas para reírme, no era el momento, pero pude fijarme en cómo se congelaba la sonrisa de los chicos, que se habían agarrado entre sí y temblaban.

El triángulo atravesó el tablero hasta llegar a la esquina superior derecha, donde estaba... la Luna, que quedó perfectamente enmarcada en el interior del agujero. Y ahí se quedó, no se movió más.

Yo miré a todas partes. Oía de fondo los sollozos de Raquel y de los *valientes*. Quien quiera que fuese esa presencia, me había dejado de nuevo el mensaje y se había esfumado. Cuando me quise dar cuenta, los cuatro estaban hechos una piña y me miraban asustados, quizá por ser la que más tranquila se mantenía, dentro de lo que cabía, y por haberles dicho que había algo entre nosotros.

laberintro

Trasládate a ¿Qué ha pasado allí? (p. 36).

Fino hilo

(Viene desde Nube oscura)

La nube estaba tan cerca que ya podía distinguir entre el tropel cabezas y alas. Eran repugnantes. Yomás y Raquel permanecían inmóviles, y yo empecé a agitar los brazos con todas mis fuerzas, para tratar de apartarlos, pero eran tantos que lo único que conseguía era desorientarlos y que chocasen contra mí.

Gritaba de miedo y asco, cada vez golpeaba más enérgicamente. De vez en cuando sentía el tejido membranoso de una ala rozándome.

De pronto, uno de los murciélagos quedó atrapado entre mi brazo y mi costado, cerca de mi axila. Fui a apartarlo de un manotazo, y sentí en la mano un dolor punzante. Chillé (si es que en algún momento había dejado de chillar) y me miré la palma. Un fino hilo de sangre recorría las líneas de mi mano.

—¡Me ha mordido!

El barullo se suavizó, y los murciélagos se desperdigaron en la noche. Me giré con violencia. Raquel y Yomás seguían agarrados el uno al otro.

—¡Vámonos de aquí! —les dije, y no me hizo falta insistir, tenían tantas ganas de irse como yo.

Volvimos a paso ligero y, ya en el pueblo, nos separamos. Antes de despedirnos, mis amigos me recriminaron mi idea y me hicieron jurar que no volvería a meterlos en un lío similar. Yo lo único que quería era llegar cuanto antes a mi casa para limpiarme la herida. Aunque no sangrase en abundancia, no dejaba de hacerlo.

—Ases —estaba diciendo mi abuelo cuando entré por la puerta.

Así que antes de entrar en el salón ya me podía imaginar la escena: los cuatro alrededor de la mesa, cartas en la mano y sobre el tapete y al lado la hoja donde llevaban los puntos de cada uno.

Entré agarrándome la mano que sangraba y cuando me preguntaron por lo que me había pasado, no tuve inconveniente en contestarles.

—Me ha mordido un murciélago... —pero me lo pensé dos veces y añadí—: en la plaza de arriba.

—¿Cómo ha sido eso? —preguntó mi abuela, con un gesto de cierta incredulidad.

—Estábamos sentados, ha venido hacia mí y me ha mordido.

—¿Así, sin más? Mira que me extraña —añadió mi abuelo.

—¿Me vais a decir a mí cómo me ha mordido? ¡Esto es el colmo!

Me fui al servicio y, frente al espejo, dejé de fingir que estaba enfadada. Me limpié la herida y busqué en el botiquín una tirita que ponerme.

—Hasta mañana —les dije desde el pasillo, y me subí a dormir.

Encogidas

Me desperté a la mañana siguiente con un dolor de cabeza importante. Me llevé la mano a la frente y la noté más caliente de lo habitual, aunque quizá fuese por dormir bajo la manta.

Por curiosidad, me aparté la tirita y vi que la herida tenía pus por los bordes y desprendía un olor un tanto desagradable. Pero tampoco le di mayor importancia. Me vestí y bajé las escaleras. Todos estaban ya en pie.

Mi abuela, como casi siempre, me había dejado el cartón de leche, el tazón, el cacao, y un amplio surtido de galletas, magdalenas, bizcochos y rebanadas de pan tostado, para que tuviese donde elegir.

Calenté la leche, disolví el cacao, empapé una magdalena y cuando fui a comer el primer bocado, noté como si mi garganta de pronto se hubiese vuelto mucho más estrecha. Apenas podía tragar. Terminé la magdalena a duras penas y con la leche me ocurrió lo mismo.

No sabía qué, pero algo no iba del todo bien en mi cuerpo.

Por la mañana no me apetecía salir. El dolor de cabeza se hacía más intenso y cuando me puse al fin el termómetro, el mercurio se estiró hasta los treinta y ocho grados y medio.

—Eso va a ser que has cogido frío —me dijo mi padre.

Me colocó en el sofá del salón, bajo una manta, y se sentó a mi lado.

Aunque la mañana transcurrió sin ningún sobresalto, yo cada vez me notaba más inquieta, más agitada. Poco antes de comer, mientras veía junto a mi padre un informativo regional, empecé a notar que me faltaba aire. Me costaba respirar, como si la faringe se hubiese unido a la garganta.

La angustia por la escasez de aire aumentaba mi agobio, y mi agobio aumentaba la angustia por la escasez de aire, así que ambas cosas lo único que hacían era crecer, autoalimentarse. Mi padre se dio cuenta enseguida de que lo que me pasaba no era que había cogido frío.

Hubo desorden en la casa de carreras y gritos en torno a mí. Creían que me ahogaba, y no eran los únicos. Me metieron en el coche entre mi padre y Marga y nos fuimos los cinco al ambulatorio del pueblo de al lado.

Rabia

—¡Queeeeé!

Me quedé mirando al médico, que después de interrogarme, tomarme la temperatura (había subido a treinta y nueve y dos décimas), limpiarme y curarme la herida ocasionada por la mordedura, había emitido su dictamen.

—Lo que has oído, chiquilla, que lo más seguro es que hayas cogido la rabia.

—¡Pero si no me ha mordido ningún perro!

El médico sonrió. Maldita la gracia que tenía todo.

—Los perros no son los únicos animales que pueden transmitir la rabia: gatos, monos, murciélagos, zorros... son muchísimos. Me imagino que no sabrás dónde está el animal que te mordió, así confirmaríamos el diagnóstico al cien por cien.

—Sí, podemos buscar en un radio de cien kilómetros a la redonda —ironicé—. ¡Cómo voy a saberlo, se fue volando!

—Está bien, siendo así, te vamos a tener que aplicar el tratamiento antirrábico y antitetánico.

Catorce inyecciones en los siguientes catorce días. ¡Qué ilusión! El médico se iba a cansar de ver mi culo.

Me pasé el resto del verano entre cabreada, nerviosa, mareada y aburrida. Me olvidé de La Luna, me olvidé de las voces (o ellas se olvidaron de mí), también me olvidé de la *ouija*, y todo quedó como un proyecto a medias, como una búsqueda inacabada. Quizá solo fue un espejismo, que se dejó ver un instante pero desapareció sin dejar rastro.

Para colmo de males, cada vez que Raquel y Yomás me venían a visitar no paraban de recordarme que tenía que haberme quedado quieta como hicieron ellos; que de esa manera, los murciélagos no me habrían hecho nada.

—Después de estrellado, todos saben por dónde no debía haber ido el carro —repetía el dicho que alguna vez había oído a mi abuela.

No me terminé de recuperar hasta que volví a la ciudad, donde todavía me pusieron dos dosis más de refuerzo.

Fue un verano de lo más indeseable, y sí, se me terminó curando la enfermedad, pero no el otro tipo de rabia.

laberintro

Vuelve a Resonancia (p. 94).

Resonancia

(Vienes desde Nube oscura o desde Rabia)

Nos apretamos fuerte unos contra otros y cerramos los ojos, inmóviles frente a la puerta. El vertiginoso batir de alas se oía ya entre nosotros, incluso podíamos sentir en el rostro el aire que despedían. Parecía que nunca fuesen a terminar de pasar.

—¡Se alejan! —gritó Yomás.

Abrí los ojos. Se estaban dispersando en el aire, quizá en busca de mosquitos que llevarse a la boca. Habían pasado sin apenas rozarnos: sobre nosotros, junto a nuestras cabezas, entre nuestras piernas... como si nos hubiesen atravesado. En ningún momento habían tenido intención de atacarnos y sus radares, pese al tropel, parecían haber funcionado a la perfección a la hora de esquivarnos.

Podía sentir el bombeo de mi corazón en el pecho, en las sienes, en las manos... Mi cuerpo entero era un inmenso latido.

Permanecimos varios minutos frente a la puerta, sin hablar, sin mirarnos, solo respirando profundamente y, en la medida de lo posible, relajándonos.

—Ufff —suspiró Raquel, que se había quedado abrazada a sí misma, con un gesto de frío y desamparo.

—¿Quién entra primero? —preguntó Yomás, señalando con la cabeza la puerta.

Nuestras caras fueron la contestación.

Yo me coloqué detrás de él y le agarré la cazadora con fuerza. Raquel directamente se abrazó a mí.

—Espera —le dije a Yomás antes de que comenzase a andar.

Me desabroché el abrigo, saqué la linterna y se la di. Él la encendió e iluminó el recibidor. Estaba vacío y la humedad había dibujado en las paredes formas que se me antojaron siniestras. Había tierra sobre las baldosas, y al arrastrar los pies las arañábamos. Entramos en lo que no podía ser otra cosa que el salón. Era una estancia enorme. Tenía sendas puertas a los lados y una escalera de madera al fondo, con un tramo que subía y otro que bajaba. Aunque por fuera la casa parecía tener solo dos pisos, resultaba que tenía otro más: un sótano.

En el salón solo quedaban una mesa grande, un par de sillas desencoladas y un piano, todo sepultado por el polvo.

El aire entraba a sus anchas a través de las ventanas rotas.

Nuestros ojos seguían por todos los rincones el círculo de luz de la linterna, como si fuese una mariposa revoloteando caprichosamente. Yomás, levantó la tapa del piano, apretó una tecla y la nota, desafinada, rebotó por las paredes, creando una extraña sonoridad que envolvía e intimidaba.

—¡Deja eso! —gritó en voz baja Raquel, y le apartó de un golpe la mano.

La tapa, al caer sobre el teclado, produjo un sonido seco y levantó una pequeña cortina de polvo.

Yomás paseó el haz de la linterna por las paredes hasta dar con un par de cuadros colgados. A medida que nos acercábamos a ellos, el círculo de luz se volvía más pequeño y más intenso. Apenas a dos metros, nos dimos cuenta de que no eran cuadros, sino fotografías de un color apagado, como si el tiempo les hubiese dado una mano de gris blanquecino.

Fotografías

Yomás enfocó de cerca una de ellas. Tras una fina película de polvo, se distinguía a un hombre justo al lado del muro de la finca, por su parte exterior. En el momento en que se sacó la foto andaría por los cuarenta años. Vestía de forma impecable: pantalones de traje y una corbata que nacía en el cuello de la camisa y se ocultaba bajo el chaleco. Tenía la mano derecha levantada, y entre sus dedos humeaba un cigarrillo o un puro, no se distinguía bien. Sonreía y miraba a la cámara, muy seguro y orgulloso de sí mismo.

—Ese fijo que es el ingeniero —murmuré—. No puede ser otro.

Al fondo de la imagen, pequeña y algo borrosa, se veía la mina. Parecía una maqueta llena de hormiguitas obreras. Quizá una de ellas fuese mi abuelo, o el abuelo de alguno de mis dos amigos, o incluso el anciano con Alzheimer.

La oscuridad se tragó la sonrisa de aquel tipo. El círculo de luz se arrastró por la irregular pared hasta la otra foto. Estaba tomada en el mismo salón en que nos encontrábamos nosotros, pues a un lado se veía el piano. El ingeniero y su mujer, con una pose de elegancia forzada, estaban sentados en el centro de un sofá ahora inexistente. A ambos lados, un chico y una chica mayores, de veintitantos.

Sin embargo, no me detuve mucho tiempo en ninguno de esos cuatro. La figura que atrapó mi atención fue la del que sería el hijo pequeño, más o menos de mi edad en el momento en que fue tomada la foto. Estaba sentado a los pies de sus padres, sobre una alfombra cálida. Miraba con unos ojos muy abiertos, llenos de vida, y tenía una media sonrisa de angelote inocente. Era más que guapo. Estaría mirando a la cámara cuando le hicieron la foto, pero yo me sentía observada por él.

Yomás apartó la linterna.

—¿Qué haces? —dije, y le apreté la mano con fuerza.

Volvió a enfocar la fotografía, sin entender nada.

De una forma mágica, el niño hermoso y yo nos estábamos reconociendo mutuamente. Incluso juraría que había visto antes su cara, o quizá la hubiese soñado. A esas alturas ya no tenía ninguna certeza de nada.

No sé cuánto tiempo estuve así. Ni siquiera me acordé del pánico que había sentido momentos antes, ni de que detrás de mí Raquel y Yomás, linterna en alto, aguardaban a que saliese del encantamiento. Me aprendí cada milímetro de su rostro, lo repasé de arriba abajo y de un lado a otro. De ese chico no había más remedio que enamorarse.

Yomás movió unos centímetros la linterna y me preguntó:

—¿Puedo?

—Sí, puedes —le respondí con una extraña tranquilidad.

La linterna volvió a deambular por el salón.

Miré las escaleras, y justo cuando me disponía a preguntarles si preferían subir o bajar, un estruendo horrible nos paralizó. Un pedazo de techo de gran tamaño se desgarró del resto. Cayó a menos de un metro de nosotros, haciendo retumbar tanto el suelo, que llegué a pensar que también se hundiría bajo nuestros pies. Había caído de lleno sobre el piano, que se espachurró como si fuese de papel. El salón se llenó en un momento de polvo y nuestras manos se soltaron.

Cada uno buscó la salida como pudo y echó a correr por su cuenta y riesgo. Yo salí escopetada por el camino que conducía a la verja. La niebla comenzaba a espesarse y no sabía si Raquel y Yomás iban delante o detrás de mí.

Entonces me detuve y volví la vista. La casa parecía irreal, fantasmal, como cubierta por una fina sábana. Era la niebla, que continuaba su imparable descenso. Podía notar su fría humedad en la cara y en las manos. Llevaba dentro de los oídos el eco de nuestros propios gritos y de la última nota que salió de aquel piano.

¿Qué había detenido mis pasos? ¿Por qué no seguía corriendo y me olvidaba de todo? Sentía que allí dentro quedaba algo por hacer, por descubrir. Estaba quieta, atrapada entre dos fuerzas poderosas: la que tiraba de mí hacia el pueblo y la que tiraba hacia la Luna.

labe r*intro*

¿Qué harías en el lugar de Anabel?

Si quisieras volver al pueblo, dirígete a **Luna partida** (p 116).

Si quisieras regresar a la casa, dirígete a **Borrado el mundo** (p. 222).

Inconexa

(Viene desde Arrugas)

Bajé el tramo de cuesta que acababa de subir. El anciano seguía en la plaza. Apenas había avanzado unos metros. Desde donde estaba no podía percibir si seguía hablando o no. Movía la boca, eso sí, pero parecía más un temblor debido a la edad que un movimiento voluntario.

Le miraba mientras me acercaba a él para ver si se fijaba en mí y así poder saludarle, pero tenía la miraba extraviada.

—Imbécil, vas a ver tú —fueron las primeras palabras que le escuché, pero sabía que no iban dirigidas a mí, sino a aquel al que antes había empezado a insultar.

No tenía fuerzas ni para enfadarse en serio. No sé por qué me inquietaba, si tan solo era un pobre anciano al que le costaba mantenerse en pie.

Me planté frente a él.

—Hola —le saludé.

Ni se inmutó.

—¡Hola! —lo volví a intentar, elevando el tono.

Esta vez sí me vio, o al menos giró ligeramente la cabeza hacia mí. No debía de estar muy fino de oído... en realidad, de nada.

—¿Pero qué haces aquí? —me dijo con una voz terrosa que parecía surgir de alguna recóndita cueva de su cuerpo—. Como se entere tu madre de que no estás en la escuela...

¿Qué estaba diciéndome este hombre?

—Si estamos en verano... —le traté de explicar—. No hay clases.

—Venga Margarita, ve corriendo a la escuela que yo no le cuento nada a tu madre.

—Me está confundiendo con otra persona, yo no soy Margarita.

El hombre no atendía a razones, de hecho me mandó recuerdos para la maestra. Pero si las escuelas del pueblo dejaron de funcionar hacía un montón de años.

Entonces me di cuenta de que no le había preguntado por lo que realmente me preocupaba. Me aclaré la garganta y dije, alto y claro:

—¿Se dirige usted a La Luna?

El viejo asintió con dificultad y luego refunfuñó y creo que bajo las arrugas había un gesto de enfado monumental.

—¿Y dónde está La Luna?

Él sonrió, o tosió, o una mezcla de las dos cosas.

—Pues arriba, ¿dónde va a estar si no?

Le pregunté por la Luna de diez formas distintas, pero él seguía alternando las injurias con el empeño en que yo, o esa tal Margarita, fuese a la escuela.

Al final, me cansé de que mis palabras cayesen en la inconexa red de su mente y me marché.

laber*intro*

Pasa a **Yomás** (p. 147).

Pozos muertos

(Vienes desde Vacaciones)

El viernes alrededor de las siete, tras cuatro horas de viaje, tomamos la última curva. Allí delante apareció el pueblo, agarrado a la ladera, bajo las heridas sin cicatrizar que habían causado en la montaña las antiguas minas.

Mis abuelos salieron a recibirnos a la calle tras escuchar el motor. Abrí la puerta del coche y entró una suave ráfaga de aire fresco. Allí casi nunca hacía calor, aunque fuese verano.

Nada más poner el primer pie en el suelo, automáticamente recordé a mi madre. Siempre que llegaba al pueblo me acordaba de ella, no lo podía evitar.

Aunque no lo pareciese, mi padre y mi madre habían nacido y pasado su infancia y su adolescencia allí; en aquel entonces no podían ni imaginar lo que les depararía el futuro.

En esa época el pueblo tenía cierta relevancia: escuelas, discoteca, economato, cine, hospital, farmacia... todo ello sustentado por la pujante minería del carbón, prácticamente su única actividad. Pero, poco a poco, por temas económicos de esos que nadie entiende, sus explotaciones dejaron de ser rentables y la empresa minera cerró.

El pueblo quedó como sus pozos mineros: muerto.

La desbandada de gente fue masiva, pues estaban aún en edad de trabajar y no se resignaban a quedarse parados. Entre todos los que se desperdigaron por las distintas ciudades del país, estaban los que años más tarde serían mis abuelos, junto con los que años más tarde serían mis padres, que tenían entonces dieciséis años y que no eran ni siquiera amigos.

Sin embargo, en su época universitaria, se encontraron por casualidad en la ciudad. Rápidamente se hicieron novios, se casaron y me tuvieron a mí. También se separaron rápidamente... o quizá no tanto, pues fue unos once años después, pero a mí me pareció muy poco tiempo.

Desde que se marcharan del pueblo, de jóvenes, mi madre no había querido volver a pisarlo, nadie sabía por qué.

Por eso, siempre que llegaba allí, me acordaba de ella, aunque tuviese cientos de pensamientos distintos en la cabeza, aunque lo último que quisiese fuera acordarme de ella.

Antes de que mi abuela abriese la boca, sabía qué era lo primero que nos iba a decir:

—¿Coméis algo?

Era su pregunta de bienvenida, daba igual la hora que fuese o de dónde viniésemos. La repetía y la repetía para ver si en una de esas nos equivocábamos y decíamos que sí.

No obstante, la entendía. Era la frase favorita de quien había pasado hambre en alguna etapa de su vida y lo último que quería era que los suyos la pasasen también.

Pero ahora mis abuelos estaban felices. Tras la jubilación volvieron al pueblo porque, según decían, cada vez les quedaba menos tiempo y, allí, el tiempo transcurría más despacio.

Fría cama

Mi casa del pueblo tenía dos pisos. En el de abajo estaba el salón, la cocina y el baño y, en el de arriba, las habitaciones. Tanto las escaleras como el suelo del piso de arriba eran de una madera que, al pisarla, chirriaba y se hundía levemente. Y más aún si subíamos cargados con el equipaje.

Entré a mi cuarto. Lo recordaba más grande.

Vacié la maleta, coloqué la ropa en el armario y me tumbé sobre la cama. No porque tuviese sueño ni estuviese cansada, sino por probarla, para verificar su blandura. Hacía un par de años que no dormía allí. Me hundí en el colchón, boca arriba. Era mucho menos firme que el colchón de mi casa y el edredón estaba tan frío que parecía lleno de humedad.

Levanté el brazo y situé el reloj frente a mis ojos. Faltaba un rato hasta la hora de cenar. Me daba tiempo a pasarme antes por casa de Raquel.

Al levantarme, observé que en el edredón permanecía el hueco de mi figura, como si una parte invisible de mí se hubiese quedado tumbada.

Se podía decir que Raquel era mi mejor amiga del pueblo, al menos lo era la última vez que estuve; pero habían pasado ya dos años y desde entonces no habíamos tenido ningún contacto. Quizá ni siquiera estuviese veraneando allí.

No llegué a salir del cuarto. Me frenaron mis propias excusas para no ir, para no asumir que, simplemente, después de tanto tiempo, lo que pasaba era que me daba vergüenza. Incómoda por mi absurda cobardía, bajé a la planta principal, ya convencida de que ese día no saldría de casa.

Mi padre me preguntó que si había telefoneado a mi madre para avisar de que habíamos llegado.

—¡Ay, no me agobies! —le dije, más agobiada por mí que por él.

Él negó un par de veces con la cabeza y prefirió dejarme. Quizá no quería que le amargase las vacaciones desde el primer día.

Están allí

Después de la cena llamé a mi madre. La conversación no duró ni medio minuto, la despachamos rápido. Fue algo así como: «Ya he llegado». «Vale, da recuerdos a tus abuelos y a tu padre». «Se los doy».

Vi un poco la tele y, como me aburría, subí a mi cuarto. Mi abuela había metido entre las sábanas una bolsa de agua caliente. Era un método en desuso, pero que daba un gustito...

Cuando me encontraba en esa fase en que no estás aún dormida pero tampoco del todo despierta, escuché casi a mi oído: «Están allí». Era una voz silbante, apenas susurrada.

Me incorporé de golpe.

Lo primero que hice fue acercarme a la puerta, por si alguien de mi familia me había llamado, pero escuché las voces de los cuatro en el piso de abajo, charlando desenfadadamente. No podían haber bajado tan rápido. Además, si lo hubiesen hecho, habría oído crujir la madera.

Giré sobre mí misma. En la habitación no había más que la cama, la mesita y el armario. Lo abrí. Dentro seguía mi ropa, tal y como la coloqué al llegar; y nada más. A continuación, miré debajo de la cama, con idéntico resultado. No quedaba ningún rincón oculto en la habitación. No podía haber nadie.

Sin saber exactamente por qué, o quizá recordando de forma inconsciente lo que sucedió la noche de San Juan, me acerqué a la ventana y, por un instante, tuve miedo de abrirla. Al final me decidí.

Al fondo, la niebla se deslizaba por la ladera de la montaña, devorando todo, como si viniese a conquistar el pueblo: un mar brumoso, plateado por la Luna. Más cerca, estaba el huerto de la casa de al lado, en calma total. Y justo por debajo de la ventana, un camino de tierra en el que tampoco se veía a nadie.

Volví a la cama. Cerré lo ojos y traté de recordar esa voz, pero no la identificaba; es más, ni siquiera podía distinguir si procedía de un hombre o de una mujer, ni si era joven o adulta.

«Están allí», me había dicho. ¿Pero qué, o quiénes estaban? ¿Dónde era allí? ¿Y quién me lo había dicho?

Tan amigas

Con la niebla casi siempre pasaba lo mismo. Por la noche cubría la montaña, y el pueblo si se extendía; pero a la mañana siguiente no quedaba ni un jirón.

Después de desayunar y arreglarme, salí de casa y me encaminé hacia la de Raquel. Llegué a la plaza de abajo y subí una cuesta. Es lo que tenía el pueblo, que al estar en la falda de una montaña, todo eran subidas o bajadas.

Llamé al timbre y me abrió su madre.

—¿Qué tal estás...? —se quedó dudando, seguro que no recordaba mi nombre.

—Anabel.

—Eso, Anabel, qué memoria la mía. Espera, que despierto a Raquel.

—No, no hace falta, ya vengo lue...

Me dejó con la frase en la boca y se fue a despertarla. Raquel bajó a saludarme en pijama. Tenía los ojos enrojecidos por el sueño reciente.

Con el abrazo de bienvenida se me quitaron todos los absurdos miedos. Seguíamos siendo buenas amigas, a pesar de los dos años. Lo sentía, nos lo habíamos transmitido sin necesidad de palabras.

Hablamos de nuestras cosas con confianza. Rememoramos lo más importante que nos había sucedido en ese tiempo. Pese a todo, por ese absurdo complejo de culpa que a veces me asaltaba, me costó confesarle que mis padres se habían separado. Pero cuando se lo conté y vi que no le daba más importancia que la que realmente tenía, me encontré más a gusto aún.

—De hecho, ya lo sabía —me confesó—. En pueblo las noticias vuelan.

Pasamos casi todo el día juntas. Por la tarde estuvimos con más gente, y quedamos todos para después de cenar.

No podíamos llegar excesivamente tarde a casa pero, al menos, por ser un pueblo pequeño, los padres tenían menos recelo que en la ciudad, y nos dejaban salir durante más tiempo.

Arrugas

El pueblo tenía dos plazas, la de arriba y la de abajo. La de abajo solo nos pillaba cerca a mí y a otra chica, y la de arriba al resto de la pandilla, así que quedamos en la de arriba.

Salí de casa y bajé la oscura calle, casi un camino, que desembocaba en la plaza de abajo. Hacia la mitad de la plaza, había un hombre muy mayor. Creía que estaba parado, pero lo que pasaba era que caminaba extremadamente despacio, en la misma dirección que yo. Le veía de espaldas, encorvado, ayudando su arrastrado caminar con un bastón.

No parecía en condiciones de estar solo a esas horas por el pueblo.

Lo alcancé en un santiamén, mi paso era mucho más ligero y, cuando le iba a adelantar, escuché que estaba hablando. Me detuve detrás de él, escuchando su temblorosa voz. No llegaba a oír todo lo que decía, su voz era un susurro, a veces solo captaba palabras sueltas y, con suerte, alguna frase.

—Ya está bien... Subo a la Luna y le canto las cuarenta... Creído... Ya está bien.

Intentó levantar el bastón, amenazante, pero le faltaron fuerzas.

Se detuvo, y yo a escasos dos metros de él, convencida de que se iba a dar la vuelta y me iba a preguntar qué hacía ahí. Pero no, solo estaba tomando aire para reanudar su camino. Tras apoyarse de nuevo en su bastón arrancó de nuevo a andar y continuó hablando.

Me separé un poco de él y le rebasé a cierta distancia. Si me entretenía más, iba a llegar tarde. El anciano estaba dedicando una ristra de insultos a ese que esperaba encontrar en la Luna, pero enseguida dejé de oírle. Giré ligeramente la cabeza y vi su rostro. La boca no era más que otra de las múltiples arrugas que le conferían a su cara un aire de mapa en relieve. Los ojos apenas se le veían bajo unos párpados flácidos. Era aún más viejo de lo que imaginaba.

Ni siquiera sé si me vio, yo diría que no, que iba en su mundo, hablando sin sentido. Comencé a subir la cuesta que conducía a la plaza de arriba y, de pronto, empecé a darle vueltas a lo que había oído. Decía que iba a subir a la Luna. Seguro que no tenía nada que ver, pero no me había olvidado de la carta que apareció en mi casa.

Me detuve y me giré. Desde donde me encontraba solo veía un pequeño trozo de la plaza. ¿Y si me volvía e intentaba hablar con él? Di dos pasos hacia abajo pero me detuve otra vez. Aquel anciano que hablaba y caminaba solo en plena noche me infundía un poco de respeto, por no decir miedo.

laber*intro*

¿Qué harías en la situación de Anabel?

Si decides hablar con él, ve a **Inconexa** (p. 101).

Si decides subir a reunirte con tus amigos, dirígete a **Yomás** (p. 147).

Luna partida

(Vienes desde Fotografías)

Salí corriendo, camino abajo. Raquel y Yomás no habían pasado desde que me detuve, por lo que deduje que habrían salido de la casa antes que yo. En realidad no estaba huyendo de La Luna, sino de mí misma, de ese poderoso deseo oculto de volver a ella.

Recorrí el camino del cementerio y llegué a la carretera principal. Ni siquiera levanté la vista para ver la casa desde allí. No me detuve hasta que estuve dentro del pueblo, en la plaza de arriba, donde aguardaban Raquel y Yomás. Nos quedamos mirando los tres, sin decir una palabra.

—¡No me volváis a proponer nada de nada!... Ni *ouijas*, ni casas abandonadas, ni historias de miedo... ¡Nada! —Raquel fue la primera en estallar, al cabo de un rato, deteniéndose cada pocas palabras para respirar.

Yo ya no sabía qué decir. Cada iniciativa que tomaba para tratar de entender algo solo servía para complicar más las cosas, sumar interrogantes.

—Ya hemos visto que allí lo único que hay son algunos muebles, fotos, polvo, humedad... y ahora un boquete enorme entre el piso de arriba y el de abajo. A partir de ahora, a hablar de fútbol, de música y de videojuegos —apostilló Yomás y me devolvió la linterna como quien entrega las armas, rendido.

Agaché la cabeza y negué varias veces.

—De todas formas, gracias por venir —les dije.

Nos despedimos.

Nubes invisibles se iban apoderando del cielo, dejando zonas sin estrellas. La Luna estaba velada por una cortina de niebla y una nube tan fina como un hilo la partía por la mitad.

Caminé hasta mi casa. Por una parte me alegraba de no haber encontrado nada, quizá a partir de entonces dejase de oír voces, de notar presencias y de recibir cartas vacías; pero por otra parte, paradójicamente, sentía el enorme vacío de no haber obtenido ninguna respuesta, de no saber qué estaba pasando, porque de lo que no me quedaba ya ninguna duda era de que algo había pasado, algo que escapaba a los límites de la lógica. Eran ya muchas cosas juntas para tratarse de simples invenciones.

Mi abuelo estaba guardando la baraja en su cajita y doblando el tapete. Mi padre esperó a que le mirase para señalar el reloj de pared del salón, que marcaba la una y cuarto de la mañana. Nunca había llegado tan tarde.

—Hemos estado en La Luna —le dije.

Tenía que haber mentido, me di cuenta nada más pronunciar la última palabra, pero había llegado tan enfrascada en mis pensamientos, que no me di cuenta.

—¿En la casa del ingeniero? —preguntó mi padre con incredulidad.

No me quedó más remedio que asentir.

—¿Un vaso de leche calentito, Anabel? —preguntó mi abuela, mientras cruzaba entre mi padre y yo en dirección al cuarto de baño.

—No, gracias.

—Santiii, ¿me subes el libro, que me lo he dejado en el sofá? —se oyó la voz de Marga desde el piso de arriba.

Mi padre dudó un instante.

—Ya voy, cariño —le dijo al fin al hueco de la escalera, y luego se volvió hacia mí, con severidad—. Mañana hablaremos. Lávate los dientes y sube a acostarte.

Dimensiones

Aunque al subir las escaleras, y al caminar por el piso de arriba, crujiese la madera, era un alivio estar bajo un techo que no fuese a desplomarse. No quería ni imaginarme en lo que habríamos quedado si esa mole hubiese caído sobre nosotros, en lugar de sobre el piano.

Cuando me metí bajo el cobijo de las mantas, ya se me había olvidado el anuncio de reprimenda de mi padre, incluso el derrumbe. Cerré los ojos y mi mente viajó a La Luna y me situó frente a aquella foto, frente a aquel niño.

Veía su bello rostro con tanto realismo que escapaba a las dos dimensiones del papel y adquiría relieve. Si alguien me mirase de la forma en que miraba ese chico la cámara, le juraría amor eterno sin pensarlo, aunque no le conociese de nada, aunque tan solo me le hubiese cruzado por la calle.

Mis pensamientos se aceleraban y tuve que frenarlos con una sonrisa. Fue entonces cuando se coló entre su imagen y mis fantasías el primer rayo de sentido común: ese chico que me había hechizado de una forma tan misteriosa como apabullante sería ya un señor mayor, porque a saber cuánto tiempo había pasado desde que se tomara la foto. Si todavía funcionaban las minas, como se apreciaba en la otra fotografía, no menos de veinticinco años.

Quizá eso me ayudó a serenarme, pero solo un poco, pues una parte de mí se negaba a pensar que ya no sería tal como aparecía en la foto, como si se hubiese mantenido así año tras año.

¿Sería esto el final de todo o me esperaban más *visitas* quién sabe de dónde para quién sabe qué?

Amortiguado por la ventana, se oía el zumbar del viento, más violento que otros días.

El Norte

Cuando me desperté creía que aún era de noche o, como mucho, que estaba empezando a amanecer. Apenas entraba luz en mi cuarto. Miré el reloj y arqueé las cejas al ver la disposición de las agujas: ¿media mañana ya? Sin levantarme aún, me estiré hacia la ventana para ver qué pasaba. En el cielo ya no cabía una nube más. Avanzaban como si se deslizasen sobre un cristal, y eran tan negras y se las veía tan próximas que provocaban cierta claustrofobia. Más abajo, el viento, invisible pero poderoso, zarandeaba todo lo que pillaba en su camino.

La que se estaba preparando...

Traté de recordar si durante la noche había pasado algo fuera de lo común, pero no lo conseguí. Me costó dormirme, pero después lo hice profundamente, nada había perturbado mi sueño.

Bajé a desayunar en pijama y calcetines, y mi abuela, nada más verme, me obligó a ponerme unas zapatillas y un jersey.

—Se ha levantado el Norte —fue su explicación.

El Norte era el viento más temido en la zona.

—Hombre, al fin se te ve el pelo. ¿Qué pasa, que no querías bajar?

Mi padre entró a la cocina para recordarme que también había nubarrones de tormenta dentro de casa.

—Me acabo de despertar, para tu información.

—Mira, Anabel. Yo no sé qué tienes en la cabeza. Te lo digo de verdad. Si te dejo salir por las noches es porque considero que el pueblo es un lugar seguro. Pero me has demostrado que eres una inconsciente, una descerebrada y que no tienes el mínimo sentido de la responsabilidad.

—Papá, si te vas a enrollar mucho, casi mejor me lo grabas y ya lo escucho después.

Sé que me tenía que haber callado, que tenía que haber aguantado el chaparrón mañanero y decir a todo que sí, pero no lo pude evitar. Así era yo, aunque me pesase.

Mi padre al principio abrió los ojos sin dar mucho crédito a lo que acababa de oír, pero cuando asumió que era real, hizo un gesto seco con la mano, como partiendo el aire.

—De acuerdo, ¿así lo quieres? Pues no se hable más. Estás castigada. No saldrás de casa hasta... hasta que yo lo diga.

Hasta que él lo dijese... ¿Cuánto tiempo podría ser eso?

Castigada

Desayuné con tranquilidad, tardé bastante en ducharme y arreglarme, y, pese a todo, me sobraba mucha mañana. Me puse a ver la tele y aguanté veinte minutos. Los programas eran tan malos que llegué a pensar que formaban parte del castigo. Subí a ordenar mi cuarto, pero era tan pequeño que apenas me llevó tiempo. El nivel de aburrimiento se elevó hasta tal punto que incluso me ofrecí para ayudar a mi abuela en lo que ella quisiera.

—No hace falta, si quedan cuatro cosas que las puedo hacer yo...

Insistí e insistí, y al final no le quedó más remedio que mandarme a tender.

—Pero pon el tendedero en el baño, no tiendas fuera que va a caer una buena.

La mañana pasó a duras penas. Para comer, tuvimos que encender la luz porque desde fuera no llegaba la suficiente claridad. El sol parecía haber huido del cielo, apabullado por las nubes. Luego mi padre me permitió unirme a la partida de cartas que echaron. Por lo menos, el tiempo pasó algo más rápido.

En lo que se refería al castigo, mi padre no soltó prenda. Yo no sabía si me quedaban minutos o días para que me lo levantase. Cuando terminó la partida, le miré fijamente para ver si se pronunciaba. Pero seguía en sus trece, así que subí a mi cuarto y me tumbé, con la esperanza de dormirme hasta el día siguiente. Quince horas seguidas de sueño, quién las pillara.

Toc, toc.

Llamaron abajo.

Agucé el oído. Era Raquel, que había venido a buscarme, extrañada y preocupada por que no hubiera dado señales de vida. Mi padre la acompañó hasta mi cuarto y entraron los dos.

Nos saludamos y yo le conté que estaba castigada.

—Vaya —comprendió, y miró a mi padre con disimulo.

—¿Tú también estuviste ayer...?

Raquel asintió con timidez.

—¿Pero cómo se os ocurrió? —por suerte, Raquel no mencionó que había sido idea mía—. Esa casa lleva no menos de veinte años abandonada y se puede venir abajo con un soplido en cualquier momento —por suerte otra vez, Raquel tampoco le dijo que se nos había caído parte del techo del primer piso—. Nosotros que os dejamos salir y nos quedamos tranquilos y vosotras por ahí, jugándoos el tipo. Es que no...

—Papá, pero deja en paz a Raquel —tercié yo—, que no ha venido aquí para que le eches la bronca.

Mi padre salió del cuarto, negando con la cabeza y musitando que era por nuestro bien.

Tormenta de verano

Al cabo de un rato, Raquel y yo bajamos juntas para ver si así hacíamos más presión. Como mandan los manuales, primero fuimos a comerles la cabeza a mi abuela y a Marga, para tenerlas de nuestra parte.

Mi abuelo y mi padre estaban fuera, hachazo va, hachazo viene, partiendo leña en tarugos para la estufa antes de que las nubes empezasen a descargar.

—Papá, ¿entonces puedo salir ya? —más que una pregunta, fue una afirmación, como dándolo por hecho.

No coló.

—Hasta que yo te diga, ¿recuerdas?

Pasé a la segunda parte del plan.

—La abuela y Marga han dicho que lo que digas tú, pero que por ellas sí.

—Despídete de salir hasta mañana, por lo menos.

—Joooo, vengaaaa. ¿Hasta mañana? Eso es mucho. Andaaaa, déjame salir.

En realidad era lo que me imaginaba, pero había que hacerse la víctima.

—Que no.

Dio igual que insistiese, que hasta Raquel tratase de convencerle, las respuestas fueron «que no» o «no insistáis», alternativamente.

Raquel se quedó un rato conmigo. Ella había sido más lista, o menos impulsiva, y no lo había dicho en casa. Recordamos el pánico que habíamos pasado con los murciélagos, las fotos, el bello rostro del niño (a ella le parecía majo, pero no llegaba a sentir por él lo que yo), el derrumbe sobre el piano, la carrera hasta el pueblo...

Luego me contó el plan para el día siguiente: ir a comer al pantano, si el tiempo lo permitía. Yomás y ella habían sido los que más habían defendido la idea, quizá porque eran los que más necesitaban relajarse.

—Nos lleva mi madre —me dijo.

—Espero no estar castigada aún, que ya le has oído: «hasta mañana, por lo menos».

—Que sí. Tú pórtate bien.

—No sé si podré —dije entre risas.

Cuando se marchó Raquel, yo subí a mi cuarto, a mi cama, a la promesa de ese largo sueño que me transportase directamente al día siguiente, cuando el castigo puede que estuviese levantado.

Un par de horas mas tarde, mi padre me arrancó de un sueño borroso para que bajase a cenar. No lo pude atrapar bien al despertar, solo recordaba que aparecía el chaval de la foto y creo que hablaba con él.

En toda la casa se oía un murmullo envolvente y solo en

el piso de abajo me di cuenta de lo que era. Me acerqué a la ventana, descorrí la cortina y me encontré con una muralla de agua que caía oblicua, con fuerza. Apenas se veía el huerto del vecino. Daba la sensación de que nuestra casa estuviese flotando en la nada.

Me senté en la mesa y no pronuncié palabra alguna durante toda la cena. En cuanto terminé, subí de nuevo a la cama.

—Para que veas, Anabel —me dijo mi padre cuando iba por las escaleras—. Te castigo precisamente el día que hay tormenta de verano. No podrías haber salido de todas formas.

—Jeee, je —le respondí con burla.

Ahora o nunca

Mi abuela había aprovechado la cena para colocarme la bolsa de agua caliente. Estaba en todo.

Yo quería retomar aquel sueño que se me había escapado antes, en el que aparecía el niño de la Luna. Como no sabía la forma de conseguirlo, simplemente bajé los párpados y pensé en él, me envolví de él, de su bello rostro, su sonrisa inocente y esos ojos que daban luz a la foto.

Me costó un buen rato dormirme porque ya lo había hecho a media tarde.

No sé si soñé o no. No me dio tiempo a pensar en eso cuando me desperté sobresaltada a una hora indeterminada de la noche. Algo me había despertado y no sabía qué.

Encendí la luz y renació con fuerza la impresión de estar siendo observada por alguien desde un lugar al que la vista no podía llegar, pero sí algún sentido desconocido. Tuve miedo, y a la vez, por extraño que parezca, me sentí ligeramente confortada por esta especie de reencuentro.

El reloj marcaba las tres y cuarto.

Me asomé a la ventana. Había dejado de llover y la noche estaba barnizada con esa capa de brillo húmedo que deja la tormenta. No había niebla ni nubes, el Norte las había barrido definitivamente.

Al volverme, noté que algo había cambiado en mi habitación. Solo después de fijarme bien, me di cuenta de que era la puerta. Había pasado de estar casi cerrada a encontrarse abierta de par en par. Pero no me dio tiempo a buscar explicaciones, pues del pasillo llegó una voz que me sobresaltó:

«Ahora o nunca».

La misma de los otros días, apenas susurrada. Era como si el propio viento tuviese voz.

Salí de mi cuarto y encendí todas luces del pasillo y de las escaleras, pero allí solo había aire, un aire cargado de algo que no dejaba de inquietarme. La madera del suelo crujía bajo mis pies.

—¿Anabel, eres tú? —preguntó mi padre desde su cama, con voz de no estar del todo despierto.

—Sí —respondí en voz baja—, voy al servicio.

Bajé al piso de abajo y busqué a tientas el interruptor de la luz. Los nervios de saber que podía haber alguien junto a mí en la oscuridad no me dejaban encontrarlo. Estuve palpando desesperada la pared hasta que finalmente di con él.

Nada más encenderse la luz, miré a todas partes, pero no vi nada que no estuviera allí antes.

No tenía ganas de hacer pis, pero me senté en el váter. Podía notar el miedo en mi pecho como algo físico. Cerré los ojos. «Ahora o nunca». Lo primero que pensé fue que me estaba pidiendo que fuese a La Luna, pero enseguida me asaltaron las dudas. Además, ¿cómo iba a ir ahora, y yo sola?

laber*intro*

¿Qué harías si fueses Anabel?

Si decidieras volver a la cama, pasa a **Nunca** (p. 227).

Si decidieras ir a La Luna, dirígete a **Sombra** (p. 136).

En medio del bosque

(Vienes desde Yomás)

—¿Y por qué voy a esperar a mañana? Mejor te lo demuestro hoy. ¿Quieres una historia de miedo? Pues la vas a tener. La mayoría son falsas, no como esta que me contó mi amiga hace un tiempo. Le ocurrió a ella directamente, no al amigo del primo de un compañero de clase, como se suele decir.

Raquel me pidió que no siguiese, y un par de amigos se sumaron a la petición. Debieron de haberlo pasado fatal el día anterior, pero yo ya estaba lanzada y no me podía contener.

—Esa chica fue de acampada al monte con un grupo de quince amigos. Algunos de ellos me confirmaron lo sucedido —esto último no era verdad, pero quería que pareciese lo más real posible para darles más miedo—. Colocaron las tiendas de campaña junto al remanso de un pequeño río, al cobijo de la pared por la que descendía una cascada. Pasaron todo el día jugando, bañándose y haciendo el Tarzán con una cuerda de alpinismo que ataban a los árboles. Después de cenar, el cansancio hizo mella y todos se sentaron cerca de las tiendas de campaña. De fondo, el relajante murmullo del agua cayendo.

»En un momento de la noche, comenzaron a contar historias de miedo, mitos, leyendas urbanas, que todos pensaban irreales, pero que iban dejando su sedimento de inquietud en el pecho de cada uno. Empezaron a contarlas sin saber que ellos mismos estaban ya dentro de una.

»Una chica contaba lo sucedido a un niño con serios problemas de vista, el cual se terminó perdiendo en un bosque. Tras muchos días de búsqueda, encontraron sus restos. Estaban en un nido de serpientes. Había muerto acurrucado. De pronto, el silencio que precedía al siguiente relato se vio roto por una voz desconocida: «¡No!». Todos, como movidos por un mismo hilo, alzaron la cabeza hacia la parte de arriba de las rocas, donde un niño, o algo con forma de niño, añadió: «Aquí me caí y aquí me encontraron». Tropezó y cayó de cabeza, pero se desvaneció antes de reventársela contra una roca.

El cazador cazado

El eco de las últimas palabras quedó flotando en el silencio hasta que un grito de Raquel lo rompió.

—¡Eso es mentira, Anabel!

Miré al resto de chicos. O me lo parecía a mí, o no había conseguido mi propósito, que no era otro que el de asustarlos. Solo lo había logrado con Raquel, con algún otro... y conmigo. La situación podría resultar cómica: el cazador cazado, la asustadora asustada, pero en esos momentos no estaba yo para sacar humor de la situación. Recordar la historia no me sentó nada bien, y más teniendo en cuenta lo que la noche anterior había sucedido en mi propia habitación.

Pero lo peor estaba por llegar. Mi historia abrió la caja de las historias, y todos empezaron a contar las suyas. Algunas las había oído tantas veces que ni siquiera me daban miedo, pero otras no las conocía.

Escuchaba sus palabras y me repetía mentalmente que no eran más que invenciones, pero no logré convencerme, y mi tensión iba en aumento. Cada nueva leyenda me encogía más el pecho: el muerto debajo de la cama que daba golpes, las sombras que bailaban en el pasillo cuando los padres te dejaban solo en casa por la noche, esos ruidos que llegan del piso de arriba aunque vivieses en el último piso, ese juego del escondite donde el que se la ligaba iba encontrando a todos muertos uno a uno...

—¡Basta! —grité.

No podía más. Sentía pánico y me odiaba por ser yo la que lo había propiciado intentando hacerme la valiente.

—¡Me voy a casa! —dije con seguridad, pero enseguida me di cuenta de que no iba a ser capaz.

Supliqué que alguien me acompañase. Me resultaba imposible volver sola. Nadie se prestó voluntario. Yo notaba que la angustia me bloqueaba. Terminé deshecha en llanto, de miedo y de rabia, ofreciendo un lamentable espectáculo delante de los amigos; de lo cual me arrepentiría siempre.

Cada cosa tiene su momento, y estaba claro que no era el momento para escuchar ese tipo de historias. Bastante tenía con la mía propia. Nunca debía haberla contado.

laber*intro*

Vuelve a Seguida por nadie (p. 153).

Sombra

(Vienes desde Ahora o nunca)

Mientras volvía al cuarto, apagué todas las luces que encontré en el camino. Me quedé un rato sentada en la cama, no dudando, pero sí terminando de asimilar lo que estaba a punto de hacer. Además, tenía que esperar a que mi padre se volviese a dormir.

Pasado un tiempo que consideré prudencial, me puse los pantalones y el jersey encima del pijama para estar más protegida. Luego me enfundé en el abrigo más grueso que tenía, y salí de mi cuarto. Pese a que andaba con sumo cuidado, apoyando primero la punta del pie y luego el resto, la madera no se callaba.

Permanecí unos instantes junto a las escaleras, con el oído atento, no parecía haberse despertado nadie.

Ya en el piso de abajo, localicé a oscuras el mueble de la entrada, en cuyo cajón estaba la linterna. Luego caminé hasta topar con la puerta. Todas las noches la cerraban y dejaban las llaves puestas. La abrí, cogí las llaves, salí, la volví a cerrar con sumo cuidado y me guardé las llaves en el bolsillo.

Una poderosa lengua de viento me dio la bienvenida a la calle.

Emprendí el camino y, cuando iba a perder de vista mi casa, me giré para comprobar que en las ventanas que no se había encendido ninguna luz. Me había convertido en una sombra caminando en medio de una noche revuelta, llena de destellos húmedos. El suelo, las casas, los árboles, todo estaba empapado por la tormenta.

Atravesé la plaza de abajo y tomé la calle que llevaba a la de arriba. Esta vez no jugaba con la linterna, no podía permitir que nadie me viese a esas horas. En el pueblo, casi todos se conocían y podían terminar informando a mi familia.

Yo no debía estar allí.

Notaba que me flojeaban las piernas, como si me estuviesen transmitiendo a su manera que no querían andar en la dirección por la que las llevaba.

Cuando pasé junto a la señal de salida del pueblo, me sentí inmensamente vulnerable, desnuda ante el destino, acompañada tan solo por mi respiración entrecortada, el murmullo de los animales, mis pisadas inseguras sobre el asfalto mojado, el ulular del viento entre los árboles y los latidos desatados de mi corazón.

Ni siquiera miré las minas. Mis ojos subieron directamente a la casa del ingeniero. Las paredes, por estar húmedas, recogían aún más intensamente la palidez espectral de la Luna. La casa, sobre el cerro, brillando en medio de la oscura espesura del bosque, producía la misma sensación que la Luna llena, en lo alto de la noche negra.

Petrificados

Me interné en el camino que llevaba al cementerio y tomé la desviación de la casa. El suelo estaba embarrado y mis pies se hundían ligeramente a cada pisada y resbalaban en los lugares en que la cuesta se empinaba más.

Debía hacer bastante frío, pero yo no lo sentía, y no precisamente por llevar el pijama debajo, aunque hubiese ido en bañador creo que tampoco lo habría tenido.

Cuando llegué al muro, descubrí que las dos hojas de la reja estaban en el suelo. El paso había quedado totalmente libre, como si invitase a ser franqueado.

No recordaba que el día anterior las hubiésemos tirado, pero tampoco podía asegurar que no. Cuando salí de allí, no tenía la cabeza para fijarme en nada. Desde luego, el Norte no podía haber sido; ningún viento puede derribar una verja compuesta exclusivamente de barrotes que no ofrecen resistencia.

Al llegar a ese punto, era mejor no pensar, solo dejarme arrastrar, que era lo que estaba haciendo, casi a ciegas, sin importarme el evidente peligro al que me exponía.

Entré en la finca y dejé atrás las rejas; también las dejé atrás en mis pensamientos.

Troncos resecos se retorcían a ambos lados del camino, sobre la descuidada maleza. Sus ramas parecían brazos que hubiesen quedado petrificados mientras intentaban espantar a los murciélagos que volaban entre ellas.

El viento hacía bailar los matorrales a su antojo. De vez en cuando, alguna gota perdida me daba en la cara.

La Luna apareció al fondo. Era la casa abandonada más reluciente que había visto nunca pese a los desconchones, al óxido, a los cristales rotos, a las grietas... pese a todo. Mientras avanzaba hacia ella, observé las ventanas del primer piso, las del segundo, la cochera adosada a la pared de la derecha... Ahí dentro, en alguna parte, había algo que estaba pidiendo ser descubierto, y con urgencia.

Me detuve un momento frente a la oscuridad de la puerta abierta y respiré profundamente varias veces. Me temblaban hasta los párpados.

Ahora o nunca, Anabel.

Aquí estoy

Apreté los dientes, encendí la linterna y atravesé la puerta y el recibidor. El aire alborotaba el inmenso salón, con mucha más violencia que el día anterior. Partículas de polvo y arena bailaban sin orden dentro del haz de luz, como si la linterna las crease, como si en la oscuridad dejasen de existir.

Restos del piano asomaban bajo el bloque derrumbado. Del mobiliario solo quedaba en pie la mesa y las dos sillas.

En una breve inspección, me percaté de que el temporal estaba haciendo mella en la construcción. El desprendimiento que casi nos alcanza no era el único deterioro grave que había sufrido la casa de un día para otro, pues el tramo de escaleras que subía al piso de arriba también se había desplomado junto con un trozo de pared. Además, una larga grieta atravesaba el suelo del salón; en su parte más ancha cabría un zapato, y a través de ella se adivinaba la negrura del sótano.

Y yo estaba en medio de esa amenaza de ruina, guiada por ensoñaciones e intuiciones febriles, en busca de algo que no lograba comprender... El oído atento a cualquier crujido, chirrido o retumbo extraño, ya viniesen de arriba o de abajo. Tenía idéntico miedo a que el techo se me viniese encima o a que el suelo se abismase bajo mis pies.

Iluminé la fotografía en la que aparecía aquel niño encantador. Podía decirse que él era, en parte, el culpable de la locura que estaba cometiendo esa noche.

—Aquí estoy —le dije, no sé si en voz alta o para mí.

Súbitamente, un ruido leve pero continuado me alertó. Desvié la luz y la vista de la foto y miré a mi alrededor. El círculo de luz se me antojaba pequeño para tanta oscuridad. El ruido se movía pero no podía precisar si se acercaba a mí o no.

Al fin enfoqué el suelo con la linterna y, para mi sorpresa, vi cómo rodaba una canica en dirección al fondo del salón. Aunque hubiese tierra, aunque azulejos despegados creasen escalones insalvables para una canica tan pequeña, ella seguía su rodar sin detenerse.

Siguiendo una trayectoria inverosímil y contraria a toda ley física, bordeó los restos de la escalera que subía y llegó hasta el hueco de la que bajaba. Sin detenerse, se lanzó por ella. Escuché sus botes en la madera de los escalones, cada vez más abajo, cada vez más lejanos, hasta que se detuvieron.

Comencé a deshacer con la linterna el recorrido que había seguido la canica, con el fin de llegar al punto desde el que habría sido lanzada. De repente, por un instante, el haz de luz atravesó unas piernas de apariencia humana pero que tenían la misma consistencia que el polvo en suspensión.

—¡Aaaah! —grité con todas mis fuerzas.

Retrocedí hasta pegarme a la pared y de pronto algo me cayó en la cabeza, pero no me hizo daño. Lo enfoqué: era un trozo de pintura que se había desprendido de la pared.

La visión se me había escapado de la linterna. La moví en todas las direcciones, incluyendo el techo y el suelo. Buscaba aquellas piernas que acababa de ver, pero solo encontré polvo, tierra, manchas de humedad... nada con forma definida.

—¿Quién está ahí? —pregunté entre sollozos.

Solo respondió el viento, incansable, y las paredes vacías, que parecían guardar la vibración de mis palabras.

Canica

Debí de estar un buen rato en la misma posición, enfocando de acá para allá, a todas partes y a ninguna en particular. Mi único propósito era que no quedara rincón alguno sin iluminar durante mucho tiempo.

A saber lo que podía aparecer en las sombras.

Al principio, apretaba mi espalda contra la pared, como si quisiese atravesarla, desaparecer dentro de ella. Con el tiempo, la tensión se suavizó. ¿Y si la canica ya estaba en el suelo y simplemente la movieron distintas ráfagas de aire? ¿Y si el alboroto de arena y polvo tomó por un momento la caprichosa forma de unas piernas?...

No, rotundamente no.

Hacía tiempo que la lógica no me servía para nada.

Sin alejarme mucho de la pared y sin dejar de enfocar con pulso nervioso a cada esquina del salón, me acerqué al hueco de la escalera. Hasta ahí había llegado la canica antes de lanzarse escaleras abajo.

Iluminé el hueco y, sin pensarlo (de otra forma jamás lo habría hecho) empecé a bajar yo también, como si ese fuese mi destino: el final inevitable de mi rodar. La escalera temblaba, ¿o era yo? Seguro que, en esos momentos, ni las escaleras ni mis piernas eran muy fiables. Cada vez que iba a apoyar un pie en el siguiente escalón, tomaba mucho aire, como si por hincharme fuese a pesar menos.

Abajo, se respiraba una atmósfera enrarecida debido a la escasa ventilación y a la humedad concentrada. No había ventanas ni rendijas ni huecos, salvo la grieta del salón; era un sótano, o un trastero grande, atravesado de arriba abajo por dos robustos pilares. La densidad de polvo en suspensión era mayor, pero estaba estancado. Al respirar, notaba un picor en lo más profundo de la cavidad nasal que me hacía soltar alguna lágrima.

Maquinaria que debía de ser de la mina, un par de sillas de montar a caballo y telarañas gruesas e intrincadas, urdidas con tiempo y dedicación. Eso era todo lo que allí había. Ah, y la canica, que brillaba justo a los pies de la escalera, pegada a la pared del último escalón.

A medida que me acercaba a la canica, el círculo de luz de la linterna se hacía más pequeño e intenso, se cerraba en torno a ella, emitiendo destellos de colores. De repente, cuando casi podía tocarla con la mano, un resplandor brotó del centro de la canica, la envolvió con su brillo efímero y desapareció.

Ante mis ojos se había diluido en su propio fulgor, sin truco alguno. No quedaba rastro de ella en todo el sótano. Subí dos escalones, pero me detuve. El primero estaba un poco más flojo que el segundo, algo que no había advertido al bajar...

¡Claro! La canica no era lo que tenía que buscar; ya había hecho su trabajo guiándome hasta ese punto exacto. Me arrodillé junto al escalón y lo golpeé con los nudillos; sonaba distinto de los de más arriba. Busqué una grieta en la escalera, un hueco, una ranura en la que poder meter mis dedos para tirar hacia fuera, pero todas eran demasiado pequeñas, no eran más que vetas de la madera.

laber*intro*

¿Qué harías en este caso?

Si quisieras seguir buscando un hueco, ve a **Galletas María** (p. 65).

Si quisieras golpear fuerte el escalón, ve a **Patadas** (p. 242).

Yomás

(Viene desde Arrugas o desde Inconexa)

Cuando llegué a la plaza de arriba ya estaban todos los amigos sentados en un pequeño muro, Raquel entre ellos.

Y también Yomás, que por lo que le pude oír seguía haciendo honor a su mote. Había cosas que no cambiaban con los años. En realidad se llamaba Tomás, pero en el pueblo todos los amigos le conocíamos como Yomás. Se podría decir que fue él mismo quien se puso el mote a fuerza de repetir: «Yo más». Le encantaba hablar de sus proezas, casi nunca demostradas.

De cualquier tema del que se hablase, Yomás tenía que ser el que más, y punto. Si, por ejemplo, alguien contaba que se había caído por un terraplén de dos metros, él sonreía con soberbia y decía: «Eso no es nada, yo me caí por uno que debía de medir cuatro o cinco metros y no solo eso, sino que cuando llegué abajo, estaba al borde de un precipicio. Porque me di cuenta y me agarré a tiempo, si no ahora ni lo estaría contando».

Esa noche estaba deslumbrando a todos mientras relataba cómo había bajado no sé qué puerto con la bici.

—Iba a tanta caña que las lágrimas, en vez de caer para abajo, se me iban hacia las orejas. A los ciento veinte kilómetros por hora, el cuentakilómetros hizo *plaf*, y se escacharró.

Su cerebro sí que estaba escacharrado.

De improviso, una lechuza se descolgó de una rama muy cercana y agitó las alas con fuerza sobre nuestras cabezas hasta que alcanzó otro árbol. Yo di un bote considerable, más que por miedo, porque me pilló por sorpresa. Varios chicos se rieron de mí. Yomás, el que más.

—Si eso te asusta —me dijo—, tenías que haber estado ayer aquí.

—¿Qué pasó? —pregunté, disimulando mis nervios.

—Nada —dijo Raquel, negando con la cabeza, como si quisiese olvidarlo.

—Estuvimos contando un montón de historias de miedo —dijo otro de los amigos.

—Lo habrías pasado muy mal —añadió Yomás, y fingió una carcajada maléfica para asustarme.

—¿Y tú qué sabes si lo habría pasado mal, listo?

—No te preocupes, que si quieres, mañana mismo nos vas a poder demostrar lo valiente que eres —me dijo y miró a otros dos chicos, que parecían conocer la razón por la que Yomás había aventurado esa frase.

Entonces recordé un suceso que me habían contado ese año como real. Podía contárselo a ellos y demostrarles que no me asustaban ese tipo de leyendas.

laber*intro*

¿Qué prefieres que haga Anabel?

Si prefieres que lo cuente, dirígete a **En medio del bosque** (p. 132).

Si prefieres que deje estar la situación, ve a **Seguida por nadie** (p. 153).

Caza

(Vienes desde Alma negra)

Miré a los cuatro y me pareció increíble que ninguno de ellos reaccionase, o al menos tuviese una mirada compasiva para mí. Lo que me estaba pasando era muy grave. La única que no estaba para solidarizarse con nadie era Raquel, en cuyo gesto de tensión parecía a punto de salir lo mismo un grito que una lágrima. Pero los chicos solo parecían concentrados en el triángulo.

—¿Cómo vas a conseguir el alma de Anabel? —preguntó Yomás.

El triángulo empezó a moverse y yo ya no pude aguantar más. Sin previo aviso, retiré mis dedos índice y corazón del triángulo, me levanté y empecé a correr como jamás lo había hecho.

Ya ni siquiera podía decir que notaba la presencia cerca, sino que estaba encima, corría junto a mí, me envolvía. Quizá estuviese a la espera de verme agotada para arrebatarme el alma, cuando ya no tuviese capacidad de reacción y lo único que pudiese hacer fuera rendirme.

Creo que los amigos me gritaron algo, pero en mis oídos no cabían palabras surgidas de este mundo. Solo escuchaba, no sé si dentro o fuera de mí, susurros, voces, procedentes de lo más oscuro de las tinieblas, que mi miedo se encargaba de amplificar.

Bordeé el muro del cementerio y llegué al camino que desembocaba en la carretera, allí, al fondo, tan lejos que parecía que nunca fuese a llegar. El pánico se multiplicaba a cada zancada y llegué a imaginar que, en su caza, a Alma negra se le habían unido todas las almas en pena que poblaban el cementerio. A veces pisaba una piedra suelta y estaba a punto de caerme, o de torcerme el tobillo; pero no me detenía, no había tiempo, solo tenía que seguir corriendo para poder dejar atrás, si eso fuese posible, a Alma negra.

Llegué a la carretera y no desaceleré el paso. Al girar miré hacia un lado, para ver si algo delataba a mi perseguidor. Solo encontré las minas, la casa del ingeniero y, más arriba, el bosque. La desesperación agarraba mi mente y tiraba de ella en distintas direcciones.

De pronto, entre las ruinas de la explotación, reconocí una de las entradas de la mina. La había visitado de pequeña en compañía de mi abuelo.

Mi casa estaba muy lejos y la bocamina muy cerca. No sabía si podía servirme de refugio; de hecho, no sabía de qué forma podía librarme de algo absolutamente desconocido. Quizá no hubiese escapatoria, tan sencillo como eso.

laber*intro*

¿Qué camino tomarías si fueses Anabel?

Si tratarías de esconderte en la bocamina, ve a **Galerías** (p. 173)

Si intentarías llegar a tu casa, ve a **Mensaje** (p. 85).

Seguida por nadie

(Vienes desde Yomás)

Me abstuve de contar nada, principalmente porque era mentira que no me asustasen. Pero en vez de quedarme calladita, que seguramente estaba más guapa, tuve que decirle a Yomás:

—Mira, gallito, no sé a qué te refieres con lo de mañana pero, sea lo que sea, no creas que me vas a atemorizar, cuenta conmigo.

Yomás negó con la cabeza, como si me diese por imposible.

Mis palabras me ponían en evidencia, parecía estar defendiéndome de algo que no había sido ni siquiera un ataque. Vivía a la defensiva, con el resorte a punto de saltar, y así me iba como me iba. Menos mal que Raquel intervino para apaciguar los ánimos y el tono se relajó de nuevo.

Nos despedimos, y en el «hasta mañana» de Yomás detecté cierto tono de burla maliciosa, pero preferí no enzarzarme otra vez en una discusión.

En la plaza de abajo, me despedí de la chica que vivía más

cerca y tomé la calle hacia mi casa. No serían más de trescientos metros los que tenía que recorrer, pero solo había una débil farola hacia la mitad y ninguna vivienda a los lados, únicamente cercados de huertos y zonas de vegetación salvaje atravesadas por angostos caminos.

Rebasé la farola y mi sombra me adelantó. Se alargaba y perdía intensidad a cada paso.

De pronto, noté algo. No fue ni un ruido, ni un olor, ni siquiera un movimiento. No sabía describirlo, pero tenía la certeza de que había alguien cerca de mí. Me di la vuelta y solo vi la calle desierta y mal iluminada, a pesar de lo cual no podía tranquilizarme, la presencia era cada vez más fuerte.

Eché a correr para tratar de dejar atrás esa perturbadora sensación, pero la arrastraba conmigo.

Una vez dentro de casa, el oír la voz de mi familia me tranquilizó un poco, aunque ellos se dieron cuenta de que me pasaba algo. Sin dejar la partida de cartas en la que estaban enfrascados, mi padre me preguntó por mi estado.

—Es que he venido corriendo desde la plaza. Me ha parecido que había alguien.

—Pobrecita —dijo mi abuela.

—Otro día me avisas y voy a buscarte —dijo mi padre.

—Oirías algún animalillo... —añadió Marga, quitándole importancia.

Yo no respondí, sabía que no era eso.

—Me subo a acostar.

—¿Quieres una onza de chocolate? —preguntó mi abuela.

—No, gracias —le respondí, y cuando ya me había girado en la dirección de las escaleras, se me ocurrió una idea. Me volví de nuevo hacia ellos—. Papá, ¿me dejas la grabadora?

Mi padre apartó la vista de las cartas y me miró extrañado.

—¿Para qué?

—Mmmm... quiero grabarme esta noche.

—¿Para qué? —repitió él.

—Para... ver si ronco —fue lo primero que se me ocurrió.

Los cuatro se rieron de mi idea peregrina, pero mi padre accedió, que era lo importante.

Me la dejó junto con una minúscula cinta virgen, y me pidió que la cuidase. Luego empezó a enrollarse con sus cualidades técnicas: su sensibilidad de grabación, las distintas velocidades, la autonomía, pero yo le corté con un definitivo *hasta mañana*.

Empecé a subir las escaleras observando la *A* dorada de la grabadora, mi *A*. La rozaba con el dedo gordo como si la estuviese limpiando, aunque no hacía falta porque estaba reluciente.

Cuando llegué al piso de arriba, renació dentro de mí ese angustioso estado de sentirme observada y perseguida por nadie, aunque no con tanta intensidad como en la calle.

Ya dentro de la cama, le quité el plástico a la cinta y coloqué la grabadora en la almohada, a escasos centímetros de mi cabeza. Cuando el sueño empezó a ganarme, apreté el botón de *REC* y se encendió una lucecilla roja. Me dormí arrullada por el leve sonido del motor de la grabadora.

Grabación

Clac.

Me despertó el chasquido de la grabadora al detenerse. Abrí los ojos y me retiré el pelo de la cara. No debía de ser muy tarde. La cinta solo era de noventa minutos y no había accionado el botón que duplicaba la duración porque se perdía calidad.

Ya no se oían las voces abajo ni se veía ningún resplandor que delatase que había alguna luz encendida en la casa. Se habrían acostado todos. La oscuridad y el silencio apabullaban.

Palpé sobre la almohada hasta dar con el aparato y rebobiné la cinta. Le quité los cascos a mi *discman* y se los enchufé a la grabadora. Pulsé el *PLAY* y empecé a escuchar, dentro de mis oídos, cómo los muelles de la cama habían sonado mientras yo cogía la postura buena para dormir.

Luego, una respiración lenta, uniforme. Desde luego, aunque mi respiración sonase, no roncaba. Tomaba aire y lo soltaba, tomaba y soltaba...

Oírme respirar me producía un efecto extrañísimo. La monotonía del aire entrando y saliendo de mi nariz estuvo a punto de dormirme de nuevo, pero me aferraba a la vigilia. Buscaba la mínima desviación, el más sutil ruido.

Cuando estaba perdiendo la esperanza de sacar nada en claro, escuché, nítidamente grabados, unos pasos en la madera. Con los cascos, el sonido era más envolvente. Cada vez sonaban más cerca. Se detuvieron, yo creo que al pie de la cama. ¿Quién había estado junto a mí hacía un rato? Mi corazón dio un vuelco al escuchar un sonido que al principio no supe identificar: «Jjjjj... jjjjj... jjjjj... jjjjj... cómo roncas, pareces un tractor». El sobresalto inicial dejó paso a la risa. Había sido mi padre, que se había acercado a la grabadora para hacer el ganso.

Sus pasos volvieron a chirriar mientras se alejaba. Pude escuchar cómo le daba las buenas noches a mis abuelos.

Me resultaba curioso escuchar lo que había pasado hacía aproximadamente noventa minutos, era como hacer un pequeño viaje hacia atrás en el tiempo.

Pasé otro buen rato con mi aburrida respiración, hasta que súbitamente se escuchó una pequeña interferencia, como si fuese un fallo de la cinta, un minúsculo salto. Desde el fondo, entonces, nació un pequeño siseo, un lejanísimo silbido, tan tenue, que a ratos costaba percibirlo.

Pero en un momento, casi sin darme cuenta, el susurro se convirtió en una voz que pude distinguir con un poco más de claridad. Fueron tres palabras: «En la Luna», y al instante dejó de oírse el sonido de fondo. Ni pasos sobre la madera, ni la ventana ni la puerta abriéndose. Palabras surgidas de la nada.

Rebobiné no menos de tres veces, y en todas las ocasiones entendí lo mismo: «En la Luna».

Me quedé inmóvil, aterrorizada en la cama, acompañada solo por mis dos respiraciones: la real y la grabada. Notaba como si la angustia tuviese manos y estuviese rebuscando algo en mis entrañas. Había sido una voz de chico, y me atrevería a decir que joven, aunque eso tampoco lo podía asegurar.

No era fácil en medio de ese desasosiego, pero trataba de pensar en la noche de San Juan, en esa carta vacía remitida por la Luna, que había llegado tan misteriosamente como se había ido; en la voz que oí la primera noche en el pueblo, «Están allí», que casi seguro sería la misma que acababa de grabar; incluso en el anciano de la plaza, que caminaba dispuesto a subir a la Luna para liársela a alguien.

Era un inquietante revoltijo que parecía querer encajar, pero no veía la forma.

Carcajada

Mi padre subió a despertarme a la mañana siguiente, porque eran casi las once y media y aún no había dado señales de vida.

Pero yo estaba despierta. Había dormido poco y mal, y sin embargo no quería salir de la cama.

—Papá, espera —le dije, antes de que saliera de mi cuarto.

—¿Qué quieres?

Me lancé a por la grabadora y le dije que se acercara a escuchar, pero no daba con el punto exacto de la grabación. Él empezó a reírse y solo fingió ponerse serio para preguntarme:

—¿Qué ha pasado, Anabel, has grabado... psicofonías? Uuuuuh, qué miedo. ¡Pero si he sido yo! —y estalló en una carcajada, que no me pudo ofender más.

—¡Vete a la mierda! Cuando lo oigas, no te vas a reír tanto.

Le hice un gesto para que se marchara y seguí buscando el momento donde aparecía esa voz. Encontré antes aquel en el que hablaba mi padre y escuché a partir de ahí, pues lo de «En la Luna» se había grabado después.

Clac.

Después de un buen rato, la cinta llegó al final ante mi desesperación. ¿Pero dónde se había metido la voz que estaba segura de haber escuchado la noche anterior?

Bajé al salón con la grabadora en la mano y la decepción colgada del rostro.

—¿Qué, Anabel, roncas? —me preguntó mi abuelo, sonriendo.

—¡Pues no! —le dije secamente.

Mi padre y Marga estaban fuera de casa, lavando el coche y, mi abuela, arreglándose en el servicio. Me dijo que si los acompañaba al mercadillo del pueblo de al lado.

Me apetecía. Entre tanta gente quizá me sentiría más segura.

Al poco rato de llegar ya me había quedado sin dinero: chucherías, un bolso de cuero para llevar en bandolera, una camiseta de colores y un collar con un símbolo que me gustaba. Como mi padre pasaba de las compras, se lo enseñé a Marga y me dijo que era el símbolo de la paz.

—¿De la paz? Entonces lo devuelvo —bromeé.

Cercanía del peligro

Por la tarde, Raquel y yo nos enteramos de la que nos habían preparado. Yomás y otros amigos habían conseguido una *ouija* y tenían intención de que hiciésemos espiritismo esa misma noche.

—Si os da miedo, no vengáis.

Nosotras, pellizcadas en el orgullo, aseguramos que iríamos.

No puedo decir que cenase tranquila, estaba muerta de miedo. Antes de marcharme, ya de noche, le pedí a mi abuelo que me dejase los prismáticos.

Busqué una ventana desde la que se viese la Luna y enfoqué las lentes hacia ella. Le faltaba un trozo a la izquierda para ser llena. Pese a que estaba cubierta por una aureola brumosa, se podían intuir los cráteres, pequeños círculos que en realidad debían ser inmensos, zonas más oscuras que otras, cordilleras, pero nada más.

Están allí... En la Luna...

La miré detenidamente y, enrabietada, al cabo de un rato retiré los ojos del visor. ¿Pero qué esperaba encontrar allí?

Coloqué los prismáticos en su sitio y me despedí de todos, con el oculto deseo de que no me dejasen salir, así, de buenas a primeras.

—No vengas muy tarde —me dijo mi padre.

Llegué a la plaza de abajo y me encaminé a la de arriba, a paso ligero, cantando lo primero que se me vino a la cabeza. Fijaba mi vista en algún punto concreto al que debía dirigir mis pasos, para así evitar mirar las zonas en sombra que había a ambos lados de la calle.

Solo cuando tuve a los demás a la vista, desaceleré y dejé de cantar. Llegué hasta ellos como si nada y me di cuenta de que éramos muy pocos. Raquel, Yomás, otros dos amigos y yo. Uno de ellos llevaba un tablero grande metido en una bolsa.

—¿Y los demás?

—No hay nadie más.

Al parecer, había habido excusas de todo tipo para no aparecer esa noche. En la mayoría de los casos había vencido el miedo al orgullo. A Raquel y a mí nos bastó con mirarnos para identificar la inquietud de una en la otra. Pero ya era tarde para abandonar y en el fondo de nuestra mirada había un brillo de emoción. La cercanía del peligro nos motivaba a la vez que nos echaba para atrás. Era una sensación muy confusa.

—¿Qué, preparadas? Estáis a tiempo de daros la vuelta —habló, quién si no, Yomás.

—¿Y vosotros, lleváis los pañales bien sujetos? —fue mi réplica.

A Yomás le dolió cada una de nuestras risotadas, se le notó, pero no le quedó más remedio que sonreír, aunque entre dientes parecía querer decir: «Ya, ya, vosotras reíros».

Cerca de los muertos

—Hemos pensado que el mejor sitio para hacerlo es al lado del cementerio —nos dijeron.

Al lado del cementerio equivalía a fuera del pueblo. Por un momento pensé que estaban tensando la cuerda para que nosotras nos rajásemos. Pero ya daba igual, estábamos aquí con todas las consecuencias. Mientras pensaba en algún corte de los míos para soltárselo, se me adelantó Raquel.

—Cuanto más cerca estemos de los muertos antes llegarán, ¿no? —mejor no podía haberlo dicho yo.

Yomás miró sorprendido a los otros dos chicos. Nosotras intercambiamos una sonrisa cómplice y nos pusimos en marcha.

Dejamos a un lado la herrumbrosa señal que indicaba que el pueblo acababa allí. Habíamos salido por la parte de arriba. Caminamos unos doscientos metros por la carretera principal, rodeados de árboles y sombras. Ninguno mencionó la *ouija* en todo el trayecto, al contrario, escogíamos temas divertidos y hablábamos y nos reíamos casi gritando. Era la forma de vencer a ese temible silencio lleno de pequeños ruidos desconocidos.

A un lado desaparecieron los árboles, dejando paso a la antigua explotación minera. Allí mismo, muchos años antes, habían trabajado mis abuelos y los abuelos de todos nosotros. Por eso mismo sabíamos para qué servía cada bocamina y cada edificio, aunque ya no fuesen más que ruinas silenciosas.

Por encima de la explotación, monte arriba, elevándose sobre un cerro, estaba la casa del ingeniero de minas. Era la construcción que mejor se mantenía, pese a llevar tiempo abandonada. La claridad lunar acariciaba sus paredes, de tal forma que parecía que fuese la casa la que desprendiese luz.

Más arriba, el lento avance de la niebla, tragándose todo lo que encontraba en su camino.

—¡Anabel! —me llamó Raquel, y entonces me di cuenta de que me había quedado unos metros atrás.

—No os lo vais a creer —les dije mientras los alcanzaba—, pero he notado como si de pronto la casa del ingeniero me atrapara o me llamara, no podía apartar la vista de ella. Era algo poderoso, extraño.

—¡Tía, no empieces ahora a contar historias de miedo, que no es el momento! —protestó mi amiga.

Yo me callé, pero lo que había sentido no era ninguna invención.

Unos metros más adelante, tomamos el camino que llevaba al cementerio, mucho más estrecho que la carretera. Las ramas más altas de los árboles se entrelazaban sobre nuestras cabezas en algunos tramos, oscureciendo la noche más aún. En un punto intermedio, estaba el desvío que conducía a la casa del ingeniero, pero no quise ni mirar en esa dirección. Sin darnos cuenta, habíamos dejado de hablar y los sonidos del monte, al igual que nuestro temor, se multiplicaban.

Llegamos a la puerta del cementerio. A través de las rejas, sujetas por una pesada cadena y un imponente candado, pudimos entrever las filas de tumbas, cruces, ángeles, nichos, ramos de flores, incluso en la lápida más cercana se veía la foto de quien *descansaba* debajo.

Nos apartamos al instante. El momento de demostrar nuestra valentía todavía no había llegado, y no debíamos echar más leña innecesaria a nuestro pavor.

Rodeamos el cementerio y llegamos a un pequeño descampado que había en la parte de atrás. Decidimos quedarnos allí. A un lado, el muro del cementerio; al otro, el oscuro monte; y en medio, nosotros cinco. Ya no había bromas, ya no había risas, solo el deseo, ahora imposible, de no haber ido nunca a ese lugar.

Ouija

Uno de los chicos extrajo el tablero de la bolsa. La luz de la Luna, aunque escasa, nos sirvió para verlo con detalle.

Era un rectángulo grande de madera fina. En las esquinas superiores estaban el Sol, a la izquierda, y la Luna, a la derecha. Las primeras palabras eran *SÍ* y *NO*, una a cada lado, el *SÍ* más cerca del Sol y el *NO* más cerca de la Luna. Más abajo estaba el alfabeto completo, letra a letra, en dos renglones arqueados. Debajo, como si compusiesen la cuerda del arco de letras, los números, del *1* al *0*. Y, por último, la palabra *ADIÓS*.

Yomás metió el brazo hasta el fondo de la bolsa. Pensé que iba a sacar un vaso, era con lo que creía que se hacía, pero en vez de eso, sacó una especie de triángulo de madera con un agujero circular cerca de una de las puntas. Nos explicaron que la letra que valía era la que quedase dentro del círculo. Lo colocamos sobre el tablero y pude comprobar que se deslizaba con suavidad.

Por un instante miré a mis compañeros. A los chicos, pese a su seriedad, se les notaba tranquilos, mientras que

Raquel y yo parecíamos dos crías de pájaro caídas del nido en una noche fría.

—Como somos bastantes —nos empezó dar las consignas el que había traído la *ouija*—, sobre el triángulo solo vamos a colocar los dedos índice y corazón. Tenéis que hacerlo sin presionar, rozando lo mínimo, para dejar que se deslice hacia donde quiera. Tampoco hay que apoyar el brazo ni la mano en el tablero. Tenemos que estar situados de tal forma que nuestras manos puedan llegar a cualquier parte del tablero. Y ahora nos queda elegir quién será el que formule las preguntas. Solo podrá hablar él, nadie más.

Yo desvié la mirada disimuladamente, como hacía en clase cuando algún profesor pedía un voluntario para algo. Menos mal que enseguida, y como no podía ser de otra forma, Yomás se erigió en portavoz.

Se acercaba el momento y yo solo pedía dos cosas: que no me temblaran los dedos, pues todos iban a estar mirando, y que el dichoso triángulo no se moviese de su posición inicial.

Alma negra

Fuimos colocando los dedos sobre el triángulo. Estábamos hombro con hombro sobre el tablero, Yomás a mi izquierda y Raquel a mi derecha.

—Tenéis que intentar dejar la mente en blanco, no pensar en nada. A partir de ahora es tu turno, Yomás.

Yo tenía clavados los ojos en la tabla, no quería que nadie adivinase el terror en mi mirada. La mente en blanco, nos había dicho, je, estaba yo para dejar la mente en blanco. ¿Pero a quién se le ocurría ponerse a hacer *ouija*, después de haber oído voces y sufrido situaciones tan fuera de lo normal? A mí, claro, a quién iba a ser.

Ya ni siquiera oía los sonidos del monte, solo el runrún de mi cabeza inundándose de malos augurios.

¡Claro!, si había que dejar la mente en blanco lo que tenía que hacer era precisamente lo contrario: no dejar de pensar y así no funcionaría el invento.

Sin embargo, no me dio tiempo a ilusionarme con esa idea, pues empecé a notar una especie de picor en las yemas de mis dedos. Creía que era producto de mi imaginación, o de llevar un rato con los brazos elevados, pero justo en ese momento, como si también él se hubiese dado cuenta, Yomás formuló su primera pregunta.

—¿Estás ahí?

De pronto el triángulo, como flotando sobre su propia sombra, se dirigió hacia la esquina superior izquierda, hasta que el círculo dejó ver el SÍ. Pude sentir en el hombro de Raquel el mismo estremecimiento que en el mío. El de Yomás ni se había inmutado.

—¿Cómo te llamas?

No podía ser. El triángulo bajaba hacia las letras. Quería desaparecer o despertar o esconderme. No quería saber nada, pero me daba pánico ponerme a chillar o dar un manotazo al tablero para terminar de una vez por todas con eso.

Primero fue a la *A*, luego a la *L... M... A... N... E... G... R... A...*

ALMA NEGRA. ¡Se llamaba Alma negra!

Tenía que ser un espíritu absolutamente maligno. Estaba paralizada, asistiendo a algo que, aunque pareciese irreal, estaba sucediendo frente a mis propios ojos.

—¿Qué quieres, Alma negra? —preguntó Yomás, casi como si estuviese hablando con un amigo.

E... L... A... L... M... A... D... E... A... N... A... B... E... L...

No, no. Ahogué un gemido. Por favor, no. Me tenía que haber equivocado al unir las letras, seguro... Era imposible. No podía haber dicho que quería *EL ALMA DE ANABEL*.

Cuando ya creía que las cosas no podían ponerse peor, empecé a sentir con más fuerza que nunca esa presencia que en ocasiones me asaltaba. No me atrevía a girarme pero estaba segura de que había alguien detrás de mí, muy cerca, aunque nadie pudiera verlo.

Y por lo que había manifestado, estaba dispuesto a robarme el alma.

Habíamos abierto la caja de las tinieblas, y venían a por mí.

¡Éramos idiotas!

El pánico fue tal, que llegué a desear que Alma negra acabase cuanto antes conmigo para evitarme un sufrimiento mayor. El ansia de correr, de escapar de allí se apoderó de mí. No sabía qué era lo mejor, si quitar la mano de ese tablero maldito y huir o quedarme allí, asistiendo, al menos acompañada, a la crónica de mi muerte.

laber*intro*

¿Cómo reaccionarías en este caso?

Si te quisieras quedar con los amigos, ve a **Triángulo** (p. 33).

Si quisieras salir corriendo, ve a **Caza** (p. 150).

Galerías

(Vienes desde Caza)

Me salí de la carretera y volé sobre los arbustos que la separaban de las minas. Pasé junto al antiguo lavadero de carbón y desde allí seguí los raíles que lo unían con entrada principal de la mina.

En tiempos, iban y venían vagonetas sin descanso, salían llenas de mineral recién extraído de la explotación, se vaciaban en el lavadero y volvían a por más. Ese día, era yo la que corría sobre las traviesas semiocultas por hierbajos, también llena, pero de miedo.

Me dejé tragar por la más absoluta oscuridad y seguí corriendo a ciegas hacia el fondo. El frío aumentaba a cada metro, encogiendo mi piel. Al cabo de un rato, mis pies empezaron a salpicar. Debía de haber zonas encharcadas. Esa era la galería principal y por su amplitud no había peligro de golpearse con las paredes o el techo. Lo recordaba bien pero, a pesar de todo, correr en medio de una negrura tan espesa impresionaba. En cualquier momento podía abrirme la cabeza con el saliente de una roca, o tropezar con un bloque de piedra desprendido. Si cerrase los ojos nada cambiaría.

Sabía que a ambos lados de la galería nacían múltiples túneles, pozos y galerías más pequeñas, que comunicaban con el yacimiento propiamente dicho, pero no las podía ni intuir. Era la noche dentro de la noche, la oscuridad pintada de negro. Lo único que debía hacer era no separarme de la vía y así siempre sabría el camino de vuelta.

Empecé a barajar la idea de detenerme. Y tenía que haberlo hecho nada más pensarlo, pero por inercia seguí corriendo y tropecé. No sé muy bien con qué, pero creo que debió de ser con uno de los raíles al haberme desviado de la línea recta. Mi tobillo se dobló y creo que crujió. Perdí la verticalidad y puse los brazos por delante para amortiguar la caída, pero el suelo no estaba donde tenía que haber estado. Caí o resbalé unos metros, dando algunas vueltas sobre mí misma. No pude detenerme hasta que el suelo no volvió a ser horizontal.

Dolor

Tumbada, tal como había caído, empecé a palpar en torno a mí y un pinchazo de dolor agudo atravesó mi brazo izquierdo. No solo debía tener el brazo destrozado, sino que los raíles habían desaparecido y, para colmo, la gélida humedad del suelo empezó a calar mi ropa y alcanzó mi piel. Me fui a levantar por mero instinto de supervivencia, para no congelarme y buscar el lugar por el que había caído; pero en el intento me golpeé la cabeza y volví a caer, esta vez mareada.

No sabía si estaba perdiendo la visión porque todo era negro, pero la cabeza seguro que sí. Luchaba por mantenerme consciente, el golpe me había dejado aturdida.

Traté de gatear, pero los pinchazos se reproducían a lo largo del brazo y la pierna y me resultó imposible. El frío del agua era doloroso y mi cuerpo temblaba con violencia. Súbitamente, algo se agitó a mi lado, iba de un lado a otro, removiendo el agua. Lo que faltaba, encima había ratas o algo similar. Di unos golpes en el suelo y oí como se alejaba, aunque tampoco mucho.

Desde luego, Alma negra había conseguido atraparme en el rincón más recóndito.

¿Alma negra? Ya no notaba su presencia, y no sabía en qué momento la había dejado de notar. Quizá ni siquiera se había atrevido a entrar aquí. No obstante, eso no consiguió apaciguar el miedo. Me encontraba en una galería subterránea a no sabía cuántos metros de la entrada, sin movilidad, helada de frío, encogida de dolor y rodeada de bichejos. Lo de Alma negra parecía casi un detalle sin importancia en esa situación.

Grité con todas mis fuerzas, pidiendo ayuda, hasta el límite de mis pulmones. Volvía a coger aire y seguía gritando. Entonces empecé a sentir que perdía el control de mi cuerpo. Sin remedio, me desmayaba. Me tumbé sobre el barro y el agua, que se agitaron con mi temblor. Mis últimos gritos ya no tenían fuerza, los oía como si no fuesen emitidos por mí y se perdían en múltiples ecos. Me imagino que en un momento dado cerré los ojos, pero no fui consciente de ello.

Claridad

Me llegaron voces distorsionadas desde un lugar desconocido. Estaba tumbada y notaba movimiento bajo mi cuerpo, ¿o era yo misma, que no dejaba de temblar? Seguía sintiendo frío dentro de mí, y me dolía todo el cuerpo, pero sobre todo el tobillo, el brazo, la cabeza y el pecho.

Abrí los ojos y la claridad me cegó por un instante. Cuando mis ojos se acostumbraron a la luz, vi dos rostros que me escrutaban con detalle. ¿Dónde estaba? ¿Qué me había pasado?

De pronto una fuerza centrífuga impulsó mi cuerpo hacia un lado. Me di cuenta de la situación: me encontraba en una ambulancia en marcha, arropada por una manta térmica y por dos enfermeros. Mi padre se acercó en cuanto me vio abrir los ojos.

Sabía que me estaban hablando: la pareja de enfermeros y mi padre, incluso pude distinguir la voz de Marga, que debía ir en el asiento de delante, junto al conductor. Oía cada una de sus palabras, pero era como si no entendiese su significado.

Tardé un buen rato en recordar lo que me había sucedido. La *ouija*, Alma negra, la mina, el golpe y después la oscuridad total. No sabía cuánto tiempo había estado inconsciente, ni quién ni cómo me había encontrado. Solo sabía que estaba viva y eso me alegraba.

—¿Pero cómo has...?

Fueron las tres primeras palabras que, además de oír, entendí. Las pronunció mi padre, y por el tono supe que era un reproche que se había tragado. Tendría muchos que hacerme, pero ese no era el momento.

—Me alegro mucho de verte despierta —me dijo, en cambio, e intentó sonreír; pero era tal la inquietud que arrastraba, que no fue capaz.

Yo fui a responderle, pero en lugar de mi voz, se abrió paso por mi garganta una tos violenta y repetida que incendió mis pulmones.

—Tranquila, no hagas esfuerzos —me dijo uno de los enfermeros.

Rincones oscuros

Me tiré la mitad de los días de vacaciones en el hospital de la ciudad más cercana, y la otra mitad en reposo, casi sin salir de la cama.

Hipotermia, bronquitis aguda, fractura de cúbito y radio, esguince de tobillo de segundo grado, traumatismo craneal y traumatismos leves en rodillas, caderas y espalda. Cuando oí al doctor enumerar todo, me pareció que estuviese repasando en voz alta una lección de la facultad de Medicina. Pero no, era todo mío. Lo que realmente tenía era: mareo descomunal, tos de silicoso, fiebre disparada, bronquios al rojo vivo, brazo hecho trizas, doce puntos de sutura en plena coronilla y golpes por todas partes.

En el hospital me fui enterando de lo que había pasado. Mi padre y Marga iluminaron los rincones oscuros de mi memoria.

Cuando salí corriendo, «los cuatro de la *ouija*», así los llamó, lo hicieron detrás de mí. Por lo visto, me gritaban pero yo no los oí. Corría poseída, tan rápido que en algún momento me perdieron de vista. Cuando llegaron a la carretera, me había esfumado. Por suerte (gracias, gracias,

gracias...) a uno de los chicos le pareció ver algo en la bocamina. Se acercaron y oyeron mis gritos apagados.

Intentaron entrar, pero no veían nada. Gritaron mi nombre, pero yo no respondía.

Entonces se separaron. Yomás y Raquel fueron a despertar a mi padre y los otros dos se quedaron de guardia en la mina. Mi padre subió con ellos mientras llamaba al teléfono de emergencia.

Tardaron un buen rato en encontrarme. A mi padre se le encoge el gesto cuando cuenta que me encontraron inconsciente pero temblando, tumbada en el fango. Me sacaron al alba.

La guinda al pastel la pusieron los chicos. Me vinieron a visitar al día siguiente de mi ingreso. Resultaba que lo de Alma negra había sido una broma que me habían gastado. Raquel era la única que no lo sabía.

Aunque pusieron cara de arrepentidos, mis ganas de matarlos no se redujeron. Porque apenas podía moverme, que si no... Me tuve que conformar con atacarles con lo único que podía articular: la boca. Los puse a caldo.

En el hospital y después, en mi casa, me persiguió un pensamiento recurrente: en qué hora se me había ocurrido meterme en la galería.

labe*rintro*

Vuelve a **Mensaje** (p. 85).

Espejo

(Vienes desde Derrumbe)

Corrí hasta el servicio haciendo el menor ruido posible. Cerré la puerta con el pestillo y escondí la caja con sigilo en el armario de las toallas. Al momento, oí un par de golpes suaves en la puerta:

—¿Hay alguien? —preguntó mi abuelo, al otro lado.

—Sí, yo —respondí, con voz apocada.

Me quité la cazadora, llena de salpicones de barro.

—Es que tu abuela se ha empeñado en que ha oído la puerta de la calle, y me ha hecho bajar.

Me quité el jersey y los pantalones.

Qué gran idea había tenido, sin saberlo, cuando me puse la ropa encima del pijama para no pasar frío. ¿Quién iba a sospechar que acababa de venir de la calle, si me veían con el pijama?

—Sería la puerta del baño, o la de mi cuarto, y se habrá confundido. Yo acabo de bajar y no he oído nada.

Guardé la ropa en el mismo armario que la caja, me miré al espejo y me asustó la imagen que apareció frente a mí.

Toda la tranquilidad que me había proporcionado el pijama se desmoronó.

Tuvieron que pasar unos segundos hasta que asumí que esa chica agotada, cuya piel y cabellera parecían rebozadas en polvo y barro, era yo.

—Yo estaba dormido y no he oído nada, pero ella asegura que no ha bajado nadie.

Desde luego, qué pesado se estaba poniendo. Y lo peor de todo: no se iba.

—También ella estaría dormida —improvisé yo.

Me atusé un poco el pelo y valoré cual de mis dos perfiles estaba más presentable. El izquierdo. Me lo limpié a marchas forzadas.

Entreabrí la puerta y asomé dicho perfil por el hueco, asegurándome de que mi abuelo veía el pijama. Pareció quedar satisfecho al verme, era como si no le hubiese bastado con oír mi voz, como si solo creyera aquello que viese.

—Espero que tu abuela no empiece a oír cosas raras... me asustaría —y sonrió.

—Seguro que no. Por la noche y medio dormida, cualquiera se confunde.

No necesitó más explicaciones. Se dio media vuelta.

—A ver si consigo dormirme otro rato —le oí murmurar—, que ya me he desvelado...

Luego empezó a subir las escaleras. El crujir de la madera cada vez sonaba más lejos, hasta que se oyó el chirriar de los muelles de su cama y un cuchicheo que, aunque no entendía, podía imaginar: «Era Anabel, que ha bajado al baño», «Digas lo que digas, yo he oído la puerta de la calle y no he oído bajar a nadie», «Anda, anda, vamos a ver si dormimos otro poco».

Debajo de mí

Apoyada en la puerta, respiré profundamente varias veces, tratando de invocar la tranquilidad que tan esquiva se mostraba últimamente conmigo. Tras un tiempo, en el que no conseguí relajarme, me volví a enfrentar al espejo. Solo esperaba que mi abuelo hubiese confundido la devastación de mi rostro con el sopor de quien ha bajado al servicio medio dormida.

Era imposible tranquilizarme, entre otras cosas porque a cada momento me llevaba un nuevo sobresalto. En este caso fue al fijarme con más detalle en las doloridas palmas de mis manos. Tenían cualquier color salvo el color carne: naranja y marrón de óxido, blanco de polvo, negro de barro, rojo de sangre... Parecían sendos campos de batalla en miniatura.

Abrí el grifo y me las limpié con extrema suavidad, dejando el trabajo sucio a la persistencia del chorro de agua y solo ayudándome con la otra mano con aquellos restos que quedaban más pegados. Por fortuna, aunque tenía muchísimas heridas, ninguna era profunda. Me sequé con papel higiénico para no dejar huellas de suciedad o de sangre en la toalla.

Seguro que mis abuelos estarían despiertos, y quizá lo estuviera mi padre; pero no podía arriesgarme a dejar la caja y la ropa en el servicio, así que envolví la primera con la segunda y subí las escaleras. Las pisadas en la madera delataban mi celeridad.

Entré catapultada a mi cuarto y escuché la voz de mi abuela desde su cama.

—¿Anabel?

—¿Qué? —respondí de rodillas, pues ya estaba guardando todo bajo la cama.

En otro momento, cuando nadie me viera, tendría que sacudir y limpiar bien la ropa.

—Entonces, ¿tú no has oído nada?

—No, abuela, nada.

—¿Seguro que no?

Su insistencia me estaba empezando a cansar.

—Que noooo —dije lo suficiente alto para que me oyera, pero sin llegar a gritar para no despertar a nadie más; en ese momento estuve a punto de soltar un taco, pero me contuve.

—Pues yo juraría que... —masculló ella, pero afortunadamente para mis nervios no siguió.

Yo me metí en la cama a esperar que el silencio se asentase definitivamente en la casa. Pese al cansancio descomunal y pese al dolor, al que no le quedaba una parte de mi cuerpo por conquistar, sabía que no me iba a dormir. Justo debajo de mí había algo mucho más poderoso que el sueño. Morfeo podía esperar.

Una tenue claridad se colaba por la ventana arrancando los primeros colores del día a mi cuarto.

1... 2... 3... 4... 5... 6... 7...

En vez de coger la caja del suelo, lo que hice fue separar la cama unos centímetros de la pared, lo justo para que me cupiesen los brazos. Así podría manipularla sin tener que moverla del sitio; y si escuchaba que alguien se levantaba, me daría tiempo a soltarla, girarme y hacerme la dormida.

Retiré la ropa que envolvía a la caja, busqué a tientas el borde de la tapa y tiré de él con fuerza, varias veces, pero estaba muy duro, no debía de querer separarse del resto de la caja. El tiempo parecía haber unido, casi soldado, ambas partes.

No me quedó otro remedio que asomarme un poco. Levanté la caja, enganché la tapa con el hierro del somier y le di un golpe seco a la otra parte, a la vez que tosía para que no sonase tanto.

El resultado fue una tos metálica y la caja abierta.

Me hice la dormida por si el ruido atraía a alguien a mi cuarto, pero no pude aguantar mucho tiempo. El reclamo de la caja de galletas abierta a escasos centímetros de mí era demasiado fuerte.

Introduje una de las manos entre la cama y la pared y palpé el contenido. Eran hojas de papel. Saqué la primera por el hueco.

Se trataba de un folio manuscrito, amarillento, antiguo. La tinta clareaba más en unas zonas que en otras, y me dejé los ojos para leerla, pues la luz que entraba aún era escasa. La letra parecía de chica, incluso era muy similar a la mía, y empezaba con unos números:

1... 2... 3... 4... 5... 6... 7... ... ... 323... 324... 325

Uno tras otro, sin pausa...

El cuentakilómetros del coche me ha ido recordando a cada instante que me alejaba de ti. Durante el viaje, he contado todos los kilómetros, absolutamente todos, y me he dado cuenta de algo: nuestros corazones están unidos por una inmensa e invisible goma elástica, de tal forma que cuanto más separados estén, con más fuerza se quieren reunir.

1... 2... 3... 4... 5... 6... 7... ... ... 219... 220... 221...

Uno tras otro, sin pausa... 222...

El cuentakilómetros se ha detenido al llegar, pero mi reloj no. Tic-tac, tic-tac. Los minutos, desde que dejé de verte, caen sobre mi ánimo como gotas de sangre. Ya no me alejo de ti en el espacio, pero sí en el tiempo, que no se detiene. 223... otra gota más.

1... 2... 3... 4... 5... 6... 7... ... ...

Uno tras otro, sin pausa...

La memoria de mis labios ha perdido la cuenta de los besos que nos hemos dado y de los que le doy al aire con la esperan-

za de que te lleguen, surcando el cielo a lomos de los cuatro vientos. Si algún día notas un calor inusitado en tus labios, es que alguno ha conseguido llegar.

Querido David, te escribo a 325 kilómetros de La Luna, de ti, para decirte que he echado de menos cada uno de los ya 224 minutos que llevamos separados, y te mando una sucesión incontable de besos.

Y debajo del texto, la firma: *Rosa S. A.*

Las palabras más hermosas

Cuando creía agotada mi capacidad de sorpresa, apareció esa firma al final de la carta: *Rosa S. A.*, envuelto en una espiral de dos vueltas.

Rosa S. A. no era una empresa, aunque lo pareciese.

Rosa S. A. era mi madre.

Su firma había cambiado con el tiempo, se había vuelto más retorcida e ininteligible, pero no cabía duda de que ella había escrito las apasionadas palabras que acababa de leer.

Todo me daba vueltas. Estaba mareada, fatigada, sobrepasada por las circunstancias, rebasada por emociones contradictorias... Cientos de pensamientos acudían a mi mente en embarullado tropel.

Guardé esa primera carta al fondo de la caja y extraje la siguiente hoja.

325 kilómetros, 1256 minutos, infinitos besos.

Ese era el encabezamiento, tanto de esa como de las siguientes que fui leyendo. En cada carta que leía aumentaban los minutos, por tanto, estaban colocadas cronológicamente. Hice algún cálculo y, grosso modo, saque la conclusión de que le escribía a diario, extremo que vi confirmado en un párrafo de una de las cartas:

Me cuesta escribirte solo una vez al día. Si te escribiese cada vez que pienso en ti, en la ciudad ya no quedarían bolígrafos con tinta.

Las primeras cartas eran del amor más arrebatado. La lejanía y la distancia, lo hacían más intenso. Por lo que pude deducir, David también la escribía a ella, pues de vez en cuando hacía alusión a las cartas que le llegaban de él *directamente de la Luna, con las palabras más hermosas.*

En la sexta o séptima carta, con el día completamente amanecido, hablaba por primera vez de la posibilidad de huir juntos, aunque ya debían haber hablado de ello antes.

Si tú sigues estando dispuesto, yo lo estoy más.

De pronto, empecé a escuchar las voces de mi padre y Marga, que se estaban levantando.

Como tenía planeado, dejé caer la carta por la abertura y me hice la dormida. Notaba que me temblaban los párpados de forma exagerada, así que me tapé la cara con la sábana.

A continuación, se sumaron las voces de mis abuelos, que debían de estar esperando a que se levantasen los demás para hacer lo propio. La madera no paraba de crujir, eran ocho pies a la vez. Alguien abrió la puerta de mi cuarto.

—¿Anabel? —me llamó mi padre en voz baja, y yo ni me moví—. Está roque —dijo hacia afuera, y cerró de nuevo la puerta.

—Por cierto —oí que decía mi abuela, mientras bajaban por la escalera—, ¿alguno de vosotros ha oído esta noche la puerta de la calle?

—No —respondieron a dúo mi padre y Marga.

Paradoja

Aunque había dormido muy poco, ni me acordaba del sueño, tal era el nerviosismo y la impaciencia. Me costaba asumir todo lo que estaba pasando y solo quería leer y leer cartas para ver si lo entendía mejor.

Todas seguían llevando el mismo contador de kilómetros, minutos y besos en el encabezado, y la pasión en algunas frases parecía desbordar el papel.

David... solo escribir, pronunciar o pensar tu nombre me estremece.

Cualquier sueño en el que no apareces tú es una pesadilla.

A veces lloro; otras, río... A veces creo que soy la mujer más afortunada; otras, la más desgraciada.

Me acompañas siempre, como la Luna a los caminantes.

De pronto dejé de leer. Algo no cuadraba.

Estábamos hablando de mi madre: un ser incapaz de sentir, de amar, de expresar un sentimiento que no fuese odio... y lo que estaba leyendo no solo rezumaba amor, sino buen rollo, e incluso a veces sentido del humor.

El otro día fui a la panadería y pedí una barra de David.

En el mundo al revés, tú te llamarías Divad, yo me llamaría Asor, y estaríamos juntos.

Esto no lo podía haber escrito mi madre, pero tampoco lo podía haber escrito otra persona...

Me costaba horrores superar esa paradoja, y cuanto más cartas leía, más aumentaba mi desazón.

La información que daban las cartas era escasa, muchas veces se limitaba a darle vueltas a sentimientos, a explicar de mil formas lo inexplicable. No obstante, aparte de la pureza del amor que profesaban, pude sacar en claro otras cosas.

Primero: David era el hijo pequeño del ingeniero, o lo que era lo mismo, ese niño inocente y bello de la foto cuya sonrisa intemporal me había cautivado.

Segundo: en el momento en que esas cartas fueron escritas, tanto David como mi madre tenían dieciséis años.

Y por último, la idea de huir no era una simple ilusión romántica. Estaban atando todos los cabos para reunirse de nuevo y no volver a separarse jamás.

Extraje la última carta, aquella en la que por obligación se debía concretar la huida. Esa huida que de ninguna manera pudo terminar bien, entre otras cosas porque de lo contrario yo ni siquiera estaría viva.

Entonces oí que alguien subía las escaleras precipitadamente. La solté al momento y volví a hacerme la dormida.

—Anabel —dijo mi padre nada más entrar al cuarto.

Mala cara

—¿Anabel? —insistió, elevando un poco más el tono de voz.

Fingí que me despertaba, incluso al abrir los ojos hice como que me molestaba la claridad para darle mayor verosimilitud.

—Te han venido a buscar —señaló al piso de abajo con la cabeza.

—Diles que vengan más tarde.

—Están esperándote. Son Raquel, su madre y otro chico.

¿Raquel, su madre...? ¡Claro, el pantano!, se me había olvidado por completo. Me levanté con pereza y me puse un jersey encima del pijama. Al andar notaba dolor por distintas partes del cuerpo pero tenía que disimularlo.

Mi padre iba delante de mí, como anunciando mi presencia.

La madre de Raquel estaba comentando a Marga que después de la tormenta había quedado un buen día, pero que el agua del pantano estaría congelada.

—Solo para valientes.

A Yomás parecieron interesarle esas palabras, pero al verme dejó de prestar atención.

Saludé a todos.

—¡Qué mala cara traes! —el bocazas de Yomás le puso voz a lo que todos pensaban, pues no me quitaban ojo.

—Es que he dormido fatal —expliqué, pero no me quedé a gusto sin añadir algo—: Por lo menos, a mí, mañana se me habrá pasado, no como a otros.

—Bueno, vístete, que nos vamos. Los demás ya están en camino. No olvides el bañador y la toalla —terció Raquel.

Mi padre me miró extrañado.

—¿Qué pasa? —le pregunté.

—Te recuerdo que estabas castigada.

El pantano, el castigo... todo se me había olvidado. Era como si lo que creía importante antes de aquella noche hubiese quedado sepultado bajo la casa.

Mi padre dulcificó el gesto y me dijo que me levantaba el castigo, que podía ir.

Entonces pensé en la carta, que aguardaba arriba, en mi cansancio y, para rematarlo, en mi cuerpo dolorido, poco apto para el biquini pues seguro que estaba sembrado de moratones.

—No, no voy a ir, estoy muy cansada.

—¡Anabel...! —se sorprendió Raquel.

—No insistas. El próximo día seguro que os acompaño.

A pesar de todo, insistió un par de veces más pero mi firmeza la disuadió de seguir.

Imagínate

Despedimos a los tres desde la puerta. El coche de la madre de Raquel se cruzó con mis abuelos, que venían de dar el paseo de rigor. Mi abuelo levantó el bastón a modo de despedida.

Ya estaba subiendo las escaleras para volver a la cama, cuando oí a mi abuela:

—Se ha derrumbado La Luna. Ha sido esta noche.

Mi padre me llamó desde abajo. Tenía un gesto de sorpresa, pero además una sonrisa de satisfacción que solo entendí cuando me dijo:

—¿Ves como yo tenía razón?

—Sí, papá —afirmé con un pie en el siguiente escalón.

—No te digo las cosas alegremente, porque se me antojen. Hay motivos. Imagínate que se hubiese caído la noche anterior, cuando estabais vosotras dentro.

No pude reírme, pero en mi interior atronaron algunas carcajadas.

—Ya ves —no se me ocurrió nada más que decir—. Bueno, me subo a descansar un rato más.

—¿Pero tú has visto qué hora es?

—Tampoco es tan tarde —respondí sin saber qué hora era.

Mi padre hizo ademán de darse la vuelta, pero se detuvo a mitad del giro.

—Piensa bien en lo que ha pasado.

—No voy a hacer otra cosa, de verdad.

—Hacer locuras es muy fácil, pero las consecuencias...

—¡Jo, qué plasta eres!

Mi padre dio un respingo, pero se contuvo de echar más leña a la discusión.

Subí a mi cuarto. La cama aún mantenía mi calor. Metí la mano por el hueco y saqué la última carta.

Billete de tren

325 kilómetros, 20 318 minutos, infinitos besos.

Parecía mucho tiempo desde los 224 minutos de la primera carta, aunque quizá no fuese tanto, no estaba acostumbrada a contar los días en minutos. Si esa era la última carta, la número catorce, más o menos esos serían los días que habían pasado desde la primera, pero tampoco me puse a hacer mayores cálculos.

Quería leer esa carta cuanto antes, lo necesitaba.

En las primeras frases, mi madre aludía al dolor de la ausencia y a la esperanza del reencuentro, sentimientos que crecían y convivían en su interior.

Luego se centraba en los planes, pero tampoco desvelaba mucho:

Me parece perfecto el lugar y la hora, pero quizá sea demasiado pronto el día que propones. Vamos a dejarlo, si te parece, justo para diez días después. Todo lo demás, igual. Más que nada, para que nos confirmemos por carta que ya tenemos los billetes.

Tras esta carta, voy a cambiar el contador. A partir de ahora, en vez de sumar, los minutos se restarán. Cada vez serán me-

nos los que falten para encontrarnos, para que termine esta dolorosa espera.

Terminé de leer y dejé la carta en la caja.

¿Qué había sucedido? ¿No le había vuelto a escribir? Imposible. No me lo podía creer. Si una carta al día le parecía poco, ¿cómo es que dejó de escribirle sin más? Me puse a rebuscar. Tenía que haber como mínimo otra carta, aquella en la que le comunicase que ya tenía el billete.

Lo único que encontré fue un papelito grueso, pequeño y rectangular, no más largo que mi dedo índice. Tenía un pequeño agujero justo en el centro y algunas letras prácticamente borradas.

Era una especie de... ¡claro, de billete de tren antiguo!

Me lo acerqué a los ojos. A ambos lados estaba el número del tique, el resto estaba borrado.

No sabía cómo funcionaba lo de los billetes de tren en aquella época, pero si no estaba picado debía de ser porque nadie lo había utilizado.

Más allá del horizonte

Me quedé tumbada en la cama, con los ojos clavados en el techo pero sin mirar a ningún sitio en particular. Mi mente volaba al pasado, hacia aquellos momentos convulsos que cambiaron la vida de mi madre. Recién trasladada a la ciudad, triste pero ilusionada, esperanzada, con un amor irrefrenable más allá del horizonte. Estaba claro que ella no siempre fue como yo la había conocido.

Me sorprendió estar pensando en mi madre y que no apareciese de fondo el odio, como era habitual.

Al cabo de un rato decidí levantarme.

Debía dejar la caja en un lugar donde nadie pudiese encontrarla. De hecho, lo que tenía que hacer cuando tuviese la oportunidad era deshacerme de ella y quedarme solo con las cartas, que abultaban mucho menos.

Solo cabía debajo de la cama y en el armario, y ambos eran sitios arriesgados: debajo de la cama, porque mi abuela venía todos los días a meter la bolsa de agua caliente; y, el armario no servía, porque allí guardaba la ropa planchada.

Al final, decidí esconderla en el armario, y a su vez, dentro de la maleta.

Hice la cama, me vestí y bajé.

—¿Qué quieres desayunar? —me preguntó mi abuela nada más verme, señalando a la cocina.

—Si ya casi es la hora de comer.

—Anda, anda, tómate algo.

La seguí hasta la cocina.

Aunque no tenía muchas ganas de desayunar, sí me apetecía hablar, y para eso mi abuela era la persona indicada. Me asomé por la ventana. El coche de mi padre no estaba en la calle.

—¿No hay nadie más?

—Se han ido a hacer la compra.

Entonces pasé a la acción.

—Así que se ha caído La Luna... —le dije sin aparentar mucho interés para ver si se le desataba la lengua.

—Para que veas que no tenéis que andar entrando en casas abandonadas.

—Abuela, que ya me ha reñido suficiente mi padre —mi estrategia había fallado, así que traté de ir de una forma un poco más directa—. ¿Cómo era el ingeniero?

Mi abuela me miró extrañada, no era una pregunta que esperase de mí, pero al momento empezó a hablar, con el gesto perdido de quien habla de tiempos remotos.

Se va a enterar

—El ingeniero era una mala persona —mi abuela empezó fuerte—. Y pocas veces me habrás oído decir eso de alguien.

Yo negué con la cabeza. No recordaba ninguna.

—Tus dos abuelos, que trabajaron en las minas, te pueden contar muchas más cosas de él. Era vanidoso y altivo hasta decir basta. No quería mezclarse con la gente del pueblo porque le parecía algo bajo, sucio. Que ya es el colmo, porque esa gente, con su trabajo, era la que le daba a él de comer.

Mientras hablaba, mi abuela no olvidaba lo que le había conducido a la cocina, y ya me estaba calentando la leche.

—Cuando empezaron a llegar los malos tiempos para las minas, porque del extranjero llegaba el mineral más barato y porque el consumo bajó mucho, él se despreocupó. Lo único que le interesaba era liquidar el asunto cuanto antes y desaparecer. Y empezó a despedir a diestro y siniestro, con las consecuencias que te puedes imaginar para el pueblo. No es que él tuviese la culpa, por esa época cerraron casi todas las minas de carbón, pero en otras explotaciones de la zona trataron de buscar soluciones no tan perjudiciales —mi abuela me extendió el tazón de leche—. Toma, ¿te saco unos bizcochos?

—No, que ya es tarde y si me lleno, luego no como.

—Pues sí, no era buena gente, para qué te voy a decir lo contrario, pero... —mi abuela se detuvo en esa palabra, como si estuviese frente a una puerta que no sabía si debía cruzar.

—¿Pero qué?

Mi abuela se lo pensó un momento, pero al final dio el paso.

—Pero lo uno no justificaba lo otro. Ni el peor de los malnacidos merecería algo así. Tus otros abuelos ya se habían ido del pueblo, tan solo unos días atrás, con tu madre y tu tía Renata, y nosotros estábamos a punto de irnos.

Otra vez aparecían esos días clave en los que mi madre y David se intercambian cartas.

—La crisis de las minas pasaba por su peor momento —prosiguió mi abuela—. Cada día te enterabas de nuevos despidos y allí ni el ingeniero ni nadie daba la cara. Una noche, uno de los despedidos, después de haberse bebido medio bar, subió airado a La Luna. El camarero le oyó salir del bar diciendo barbaridades, pero tampoco le dio más importancia, porque no era la primera vez que se le calentaba la boca.

De pronto pensé en el anciano que tenía Alzheimer. ¿Acaso sería él?

—Pero esa vez sus amenazas no se quedaron simplemente en palabras. Llegó hasta la misma puerta de La Luna y despertó a la familia a grito pelado. Entre insultos, exigió que bajase el ingeniero. Fue recibido a perdigonazo limpio, desde una de las ventanas de arriba, y se vio obligado a volver sobre sus pasos. Con lo que no contaba el ingeniero —aquí se arrugó más aún el rostro de mi abuela— era con que su hijo menor no estaba en esos momentos en casa.

Furia

Me agarré al tazón con tanta fuerza que me hice daño en las manos. Estaba hablando de David.

No quería oír lo que mi abuela iba a decirme, pero no podía dejar de escuchar.

—Al salir de la finca, el hombre se encontró con el chaval, que nadie sabe de dónde venía. Lo agarró y lo arrastró hasta la puerta del cementerio y allí desató toda su furia con él. A la mañana siguiente, le encontró una vecina del pueblo que iba a limpiar la lápida de un familiar. La escena que se encontró fue espeluznante. Aparte de los múltiples golpes que había recibido, tenía la cabeza reventada y a su lado había una enorme piedra llena de sangre.

En el fondo, una parte de mí ya lo sabía, o al menos lo había intuido, pero hasta ese momento lo había ocultado. Sin embargo, las palabras de mi abuela lo constataron con toda su crudeza. Era como si acabase de suceder.

—El minero desapareció, pero al cabo de unos días lo encontraron muerto en un prado, agarrado aún a la escopeta con la que se había quitado la vida. Quizá fue por los remordimientos que sintió al recuperar la lucidez, o quizá por pura desesperación, nunca se sabrá.

Dejé el tazón en el fregadero con mis temblorosas manos.

—Como ves fue un castigo excesivo, para el ingeniero o para cualquier persona.

—Uf, ya ves —le dije, y salí de la cocina, y también salí de casa.

—¿Adónde vas? —me preguntó mi abuela desde la ventana.

—A dar una vuelta.

Sabía que no me iba a encontrar con los amigos, ya que todos estaban en el pantano. Y precisamente eso era lo que necesitaba: estar sola.

Di vueltas por el pueblo tratando de fijar en mi cabeza la sonrisa limpia de David, pero enseguida se teñía todo de sangre. Me resultaba muy doloroso imaginar ese rostro tan bello destrozado de una forma tan injusta.

Cuando tanto dolor se me hizo insoportable, le di un giro a mis pensamientos y apareció mi madre, pero no la madre que había conocido hasta entonces, sino la de aquella época, la que acababa de descubrir. Sin embargo, el sufrimiento no remitía. Imaginaba el momento en que recibió la noticia de la muerte de David y la tristeza me devoraba.

De pronto, rompí a llorar como no recordaba haber visto llorar a nadie, ni siquiera en películas. Durante todo el verano había ido acumulando tensión y ese fue el momento en que no pude aguantar más.

Busqué un sitio apartado y me vacié de lágrimas.

Ojos rojos

El coche de mi padre estaba aparcado fuera cuando llegué a casa, arrastrando mi seca tristeza. Me había enjugado las lágrimas varias veces, pero me pasé la manga del jersey por los ojos antes de entrar.

Aunque la mesa estaba puesta, me pasé por el servicio antes de sentarme. Lo único que delataba mi llanto eran los ojos, enrojecidos en exceso, así que durante la comida apenas los aparté del plato. Hacía como que retiraba lo que no me gustaba y luego lo volvía a mezclar, jugueteaba con los cubiertos, colocaba el pan, el vaso, rascaba el mantel...

—¿Qué te ha pasado en los ojos, Anabel? —me preguntó Marga, ya cuando estábamos con el postre.

Se había dado cuenta, la muy...

—Los tenía un poco irritados cuando me levanté, ya se me quitará.

—Pues yo no me he dado cuenta esta mañana —se reprochó mi abuela.

Levanté la vista de la manzana y me encontré con ocho ojos mirando a los míos.

—¡Qué pasa, que nunca se os han puesto así!

—Si te dura, avísame, que te echo colirio.

—Vale, papá.

Nada más terminar, le pedí el teléfono móvil a mi padre. Me miró extrañado y le tuve que explicar que quería llamar a mi madre. Me miró más extrañado aún, pues era algo que nunca antes había salido de mí. Pero en ese momento necesitaba oírla.

Subí a mi cuarto y, tumbada sobre el edredón, la llamé.

—¿Qué tal? —dijo, sin mucho entusiasmo.

Su voz me impresionó, aunque fuese la misma y con el mismo tono de siempre.

—Bien, ¿y tú?

—Apurando los últimos días de playa.

—¿Se han ido ya las medusas?

—Sí, solo fueron los primeros días.

—¿Cuándo volvéis?

—Pasado mañana.

—¿Te lo estás pasando bien, mamá?

—¿Desde cuándo te importa eso a ti?

—Desde hoy.

Mi madre cambió rápidamente de tema, como si le incomodase, y preguntó por los demás, yo también pregunté por tíos y primos. Todos estaban bien, tanto los de allí como los de aquí.

—Bueno, mamá, un beso, que disfrutes la playa y que tengas un buen viaje de regreso.

—Hay que ver qué rarita estás, hija. Venga, ya te llamo yo cuando llegue.

Estaba a punto de separarme el teléfono de la oreja para colgar cuando se me ocurrió algo y se lo solté sin haberlo pensado antes:

—Ah, puede que vuelva antes de lo planeado.

—¿Qué pasa, que a tu padre le toca hacer alguna de sus habituales sustituciones de última hora o que te has vuelto a pelear con él?

—No, nada de eso. De hecho, él todavía no lo sabe —hice una pausa, pero ella no añadió nada—. Tengo muchas ganas de verte —y colgué.

Algo que hacer

Pasé la mayor parte del día en el cuarto, como si siguiese castigada. Saqué el libro que me estaba leyendo para disimular, por si llegaba alguien, pero lo cierto era que no había leído nada en el tiempo que llevaba en el pueblo. Quizá estaba tan inmersa en mi propia historia que no tenía fuerzas para adentrarme en otra.

En realidad, lo único que hacía era darle vueltas a lo mismo. No sabía cómo interpretar todo lo que me había ocurrido.

Seguro que David no quería que las cartas quedasen enterradas bajo toneladas de escombro. Desde esa dimensión desconocida, confiaría en que algún día mi madre regresase a por ellas, pero cuando comprendió que quedaba poco tiempo porque La Luna empezaba a derrumbarse, tuvo que intervenir.

Pero, si así era, ¿por qué me mandó la carta a mí y no a mi madre?

Inventaba mis propias explicaciones y las desbarataba yo misma.

Estaba cansada y sobrepasada, era innegable, pero por

otro lado tenía una paz y una serenidad enorme. En cierto modo, me sentía importante después de haber encontrado aquello que quizá no había dejado descansar en paz a David. Dudaba que volviese a manifestarse, aunque me hubiese gustado, aunque solo fuese para darle las gracias por haberme salvado la vida.

A media tarde, oí crujir los escalones y supe que no era él, sino alguien de casa. En concreto, mi padre, para decirme que se iban los cuatro a dar una vuelta. Me fijé en que trataba de buscar mis ojos, pero ya apenas los tenía irritados, así que le miré sin reparos y le dije que a mí no me apetecía.

—Papá, me gustaría marcharme pasado mañana, o al otro, como mucho. ¿Me acercarías a la estación de tren?

—¿Qué? —se quedó un instante asimilando mis palabras—. ¿Por qué? ¿No estás bien aquí? ¿Es por el castigo? ¿Alguna discusión con los amigos? Mira que me ha extrañado que no fueses al pantano...

El pobrecillo buscaba razones simples a algo mucho más complejo.

—Qué va, qué va. Es que aquí ya he hecho todo lo que tenía que hacer. O mejor dicho, es que tengo algo que hacer en casa.

—¿Ya lo sabe tu madre?

—Se lo he dicho hoy.

Mi padre intentó tirarme de la lengua, pero no consiguió nada. Se marchó preocupado y yo lo entendía, pues mi actitud habría descolocado a cualquiera.

Evasión

Dejé pasar un rato desde que oí cerrarse la puerta de la calle y me levanté. Abrí el armario y saqué de la maleta la caja y la ropa sucia. Guardé las cartas y el billete de tren en uno de los compartimentos de la maleta y bajé las escaleras.

Mi abuela guardaba las bolsas de basura en las estanterías que habían habilitado en el hueco de la escalera. Saqué dos. En la primera guardé la ropa y en la segunda, la caja, no sin antes revisarla de arriba abajo para asegurarme de que no me dejaba nada dentro.

Recorrí la distancia hasta el contenedor más cercano con rapidez pero sin aparentar preocupación, por si algún vecino me veía. Entonces me deshice de la caja.

Volví a casa y limpié la ropa en la bañera. Salió barro hasta de los bolsillos. Algunos trozos grandes los tuve que tirar directamente a la basura para que no atascasen las tuberías. Volví a meter la ropa empapada en la bolsa y subí para guardarla en la maleta.

Bajé al salón, encendí la tele y me enfrasqué en el concurso que estaban echando como si en él me fuese la vida.

Se notaba que necesitaba evadirme de todo y esa dinámica de preguntas y respuestas rápidas, me ayudó un poco.

Volvieron los cuatro y echamos una partida de cartas que tampoco me vino mal. Después, el tapete dejó sitio al mantel.

Cuando aún no habíamos terminado de cenar, Raquel me vino a buscar. Era mucho más temprano que otras noches y la notaba impaciente, nerviosa, presa de una inquietud especial.

—Si quieres, vengo más tarde —me dijo.

—No, no, que ya acabo. Siéntate aquí.

Me enteré del motivo de tantas prisas en cuanto salimos a la calle:

—Tía, que Yomás me ha pedido salir, en el pantano, y yo le he dicho que todavía somos muy jóvenes, pero que esta noche le daría una respuesta.

Yo sonreí. No perdía el tiempo este Yomás.

—¿Qué hago, Anabel?

No me podía creer que Raquel estuviese dudando. Era Yomás, por favor, el más chulo del pueblo, y de la región, si me apurabas. Iba a decirle que tuviese un poco de cabeza, pero por mi boca salieron otras palabras:

—Sal con él, si es lo que quieres. No te cortes.

Raquel se sorprendió de mis palabras, pero no tanto como yo. Acababa de hablar sin permiso de mi cabeza y el resultado, a pesar de la contradicción, me pareció satisfactorio.

Despedidas

Le dijo que sí, no sé si siguiendo mi consejo o por dictado de su corazón. Vamos, que ese verano se hicieron novios, aunque la única diferencia apreciable era que de vez en cuando se cogían de la mano y que Yomás la acompañaba a casa.

Por mi parte, no volví a sentirme intranquila ni temerosa. Nada me inquietaba, era como si me hubiese mentalizado de que nada podía pasarme, de que estaba protegida. Las dos noches que me quedaban dormí a pierna suelta, con una agradable sensación de bienestar, como si muchas piezas sueltas de mi vida se hubiesen colocado en su sitio.

El día anterior a mi salida, me despedí de los amigos con verdadera pena.

—El verano siguiente voy a pasar lista, y como falte alguno de vosotros... —les dije en un tono de profesor severo—. Todavía no sabéis quién soy yo.

—Nos vamos haciendo una idea —dijo uno de los chicos.

—Sin ti, se acabó la aventura y el misterio —me dijo Yomás sonriendo y, por primera vez, su sonrisa no me pareció de superioridad.

Dejé a Raquel para lo último. Se nos notaba un brillo especial en los ojos y, antes de separarnos, a ambas se nos cayó alguna lágrima. Comenzamos el verano siendo muy amigas y, después de todo lo vivido juntas, nos habíamos hecho íntimas. Aunque intercambiamos teléfonos y correos electrónicos, también le pedí su dirección para enviarle alguna carta.

Incluso el mismo día de mi partida, mi padre seguía con preguntitas para averiguar por qué me iba, pero no consiguió sacarme más explicaciones que las que ya le había dado. Puede que más adelante se lo contase, no sé, un año de estos... O quizá no, pues era algo que le afectaba directamente.

Aunque mis abuelos no se refirieron al motivo de mi marcha, yo me sentí en la obligación de explicarles que nada tenía que ver con ellos.

—Me lo he pasado fenomenal, así que guardad la bolsa de agua caliente que, como muy tarde, el verano que viene me tenéis otra vez aquí.

A mi abuela le hizo ilusión, lo percibí, pero mi abuelo se rascaba la cabeza, pensativo.

—¿Qué te pasa? —le pregunté.

—Es que llevo toda la mañana buscando la linterna y no la encuentro.

—No se acuerda de dónde deja las cosas. El pobre chochea —bromeó mi abuela.

Me mordí la lengua para evitar decirles que no volverían a ver esa linterna.

¿No me digas...?

Mi padre y Marga me llevaron primero a despedirme de mi tía Renata, que me dio recuerdos para mi madre, y luego a la estación de tren. Estaba en un pueblo a quince kilómetros del mío. Me sacaron el billete y cuando lo tuve en mis manos pude comprobar que era muy distinto a los de antes.

Telefoneé a mi madre y le dije a qué hora llegaba el tren para que me fuese a buscar. Luego salimos al andén y nos sentamos en uno de sus bancos.

—Si os queréis marchar, ya espero yo.

—No, cariño, que todavía falta un rato para que llegue, esperamos.

Mi padre estaba muy suave. Debía de ser porque, aunque se lo hubiese negado muchas veces, en el fondo le quedaba la duda de si no me iba por su culpa.

Al cabo de un rato sentí un ligero temblor. Seguí con mis ojos las vías y, a lo lejos, apareció el tren.

—Tengo ganas de ser mayor para enamorarme —me salió de pronto.

Los dos me miraron con asombro y luego sonrieron.

El tren se detuvo en la estación y yo di dos besos a cada uno. Mi padre quería ayudarme a subir la maleta, pero no le dejé.

—¿No me digas que te vas por algún amor imposible? —me preguntó Marga desde el andén.

Iba a responder que no, era la respuesta automática que tenía para todas las preguntas que empezaban por *¿No me digas que te vas por...?*, pero volví a escuchar dentro de mí la pregunta y cambié la respuesta:

—Tú lo has dicho, Marga —respondí, pues en el fondo un amor imposible había sido el de mi madre y David, y entonces me giré hacia mi padre—. Ah, y lo que contaste la noche de San Juan es absolutamente cierto.

Sonó el pitido y las puertas se cerraron.

La cara de estupefacción de mi padre me acompañó los primeros kilómetros del viaje.

Reencuentro

Cuando me empecé a aburrir, saqué el libro y decidí empezarlo de nuevo. No llevaba muchas páginas y ya casi no me acordaba de nada. Estuve entretenida hasta que aparecieron por la ventanilla edificios que me sonaban y la mayoría de los pasajeros empezaba a levantarse y a coger sus maletas.

Guardé el libro y también me incorporé. Solo en las cercanías de la estación noté los nervios, por primera vez en todo el trayecto. Era inminente el reencuentro con mi madre. Aunque a simple vista no se percibiera, del tren iba a bajar una Anabel muy distinta de la que se había ido. Siempre me decían que era demasiado madura para mi edad y yo nunca había estado de acuerdo. Al próximo que me lo dijese posiblemente le daría la razón.

Localicé a mi madre desde la puerta del tren; estaba esperando dos o tres vagones más adelante. Estaba muy guapa, bronceada por el sol.

Ella me vio y yo le lancé una sonrisa que no fue correspondida.

—Venga, date prisa, que tengo el coche mal aparcado —ese fue su saludo cuando llegué a su altura.

Camino de casa, me echó en cara varias veces el capricho de haberme vuelto antes. No entendía nada, lógico. Estaba claro que aunque yo la veía con otros ojos, ella seguía viéndome como antes, es decir, como un incordio. Pero en mi maleta había algo que quizá pudiese cambiarlo todo. No obstante, preferí no actuar aún, no decir nada. En realidad no me atrevía, y la excusa que me puse a mí misma fue la de que estaba conduciendo y no quería sobresaltarla.

En cuanto franqueamos la puerta de casa, llevé la maleta a mi cuarto y abrí la cremallera del compartimento que contenía las cartas y el billete de tren. Metí la mano y por un instante dudé.

¿Y si todo eso solo servía para empeorar las cosas? ¿Y si lo único que iba a conseguir era traer al presente su inmenso dolor pasado? Quizá lo único que había pretendido David era que yo conociese su historia, y por eso no le había enviado las señales a ella.

—¡Llama a tu padre para decirle que has llegado! —me dijo desde la cocina.

Así lo hice.

Luego volví a mi cuarto y observé mi maleta, que parecía haber tomado forma de interrogación.

laberintro

¿Qué preferirías hacer si fueses Anabel?

Si en su lugar mostrarías las cartas a su madre, dirígete a **Tenemos que hablar** (p. 233).

Si decidieses no mostrarlas, dirígete a **Bolsa** (p. 258).

Borrado el mundo

(Vienes desde Fotografías)

Comencé a andar. Mis pasos lentos me conducían de vuelta a la casa. La densidad de la niebla no era uniforme, en algunos momentos veía la casa con más nitidez y en otros se difuminaba ante mis ojos. No quería pensar en lo que estaba haciendo, solo recorrer los metros que me separaban de ella y dejarme llevar por la intuición, a falta de otra percepción más concreta.

La puerta estaba abierta de par en par, como la habíamos dejado al salir a la desbandada. Permanecí unos instantes inmóvil bajo el marco, ni dentro ni fuera, y cuando conseguí despojarme de parte del miedo, me interné en el recibidor. Lo atravesé despacio y llegué al salón, pero solo vi oscuridad. En las ventanas se suavizaba levemente la negrura, pero no lo suficiente como para ver algo.

Enseguida caí en la cuenta de mi error: la linterna.

Se la había llevado Yomás.

Di unos pasos por el salón, pero resultaba extremadamente peligroso caminar sin ver nada por una casa desconocida y en ruinas.

Volví a salir. La niebla se había cerrado por completo. Me debía de encontrar en el centro de esa masa que alguna noche, desde la ventana de mi casa, había visto bajar por la montaña. Caminé unos pasos en la dirección que yo suponía era la correcta, pero enseguida tropecé con unos arbustos.

La noche y la niebla habían borrado el mundo a mi alrededor. Estaba desorientada en medio de la nada, con la absurda sensación de que de pronto podría disiparse la niebla y entonces me hallaría en otro lugar e incluso en otro tiempo. Volví a dirigirme hacia donde pensé que estaría el camino, pero cada vez me encontraba con vegetación más abundante. Incluso alguna rama se hacía visible frente a mis ojos justo antes de que llegara a golpearme con ella. No veía nada hasta que no lo tenía encima, y algunos árboles de formas caprichosas llegaron a atemorizarme.

Seguí andando sin ninguna referencia. El camino no aparecía y yo me desesperaba. Seguramente, Raquel y Yomás ya habrían llegado al pueblo y estarían preguntándose por mi paradero. Quizá volviesen a buscarme, aunque después del susto lo dudaba; o lo que sería peor, quizá estuviesen camino de mi casa para explicarle todo a mi padre. En ese caso, el verano prácticamente habría terminado para mí.

Diluidos

De pronto, una superficie plana ganó consistencia frente a mí. Me tuve que acercar mucho para descubrir que se trataba del muro de la finca.

Mi posición había mejorado. Si seguía junto al muro terminaría llegando a la verja, aunque tuviese que dar la vuelta entera a la finca.

Caminé con una mano pegada a los fríos ladrillos.

Esquivaba matojos, pasaba de lado entre algún árbol y el muro cuando había poco hueco... cualquier cosa para no perder el contacto con mi única referencia. Por desgracia, llegué a un punto en el que la maleza se había acumulado y era imposible seguir. No me quedaba más remedio que esquivarla.

Separé mi mano del muro, pero la mantuve levantada, rozando las ramas y las hojas arremolinadas. Tenía todos mis sentidos puestos en la palma de mi mano, a la espera de un hueco por el que volver al muro.

Entonces mi mano rozó una barra metálica, helada, en medio de la vegetación. Di un respingo y estuve a punto de caerme, pero, no sé muy bien cómo, me sobrepuse y me acerqué para ver de qué se trataba. Entre lo poco que dejaba ver la niebla y lo que pude palpar, deduje que era un pozo. Me asomé por el agujero, la oscuridad se volvía más densa aún. El fondo podía estar a un metro o a quinientos.

—Hola.

No sabía por qué, sería una manía absurda pero, siempre que me asomaba a un pozo, tenía que decir algo, incluso en esas circunstancias. La inquietud de mi voz rebotó por las paredes, desdoblándose, y el miedo me volvió a ganar.

Me alejé del pozo sin fijarme en la dirección y no volví a encontrar el muro. Sabía que la finca era grande, pero esa noche me parecía infinita. Era imposible saber en qué parte me encontraba y calcular cuánto tiempo llevaba deambulando: ¿minutos, horas? El espacio y el tiempo parecían diluirse en la niebla.

Di vueltas y más vueltas, me desesperé, lloré, volví a coger fuerzas y las volví a perder. Cuando estaba resignada a esperar la retirada de la niebla abrazada a mí misma, intentando que no se escapase ni una partícula de calor de mi cuerpo, me pareció oír unas voces. Alguien gritaba a lo lejos.

—¡Anabel! —fue la primera palabra que entendí, la había pronunciado mi padre.

Di un bote tremendo

—¡Estoy aquí! —grité.

A continuación, identifiqué las otras voces: Raquel, Yomás y Marga. Debido a mi absoluta desorientación tardé algo más en localizar de dónde provenían. Yo seguía gritando para que me pudiesen encontrar y caminaba hacia ellos.

No quería ni imaginarme cómo estaría mi padre. Que te vengan a despertar de noche, cuando tu hija debería estar en casa, para decirte que se encuentra fuera del pueblo, perdida en la niebla, no es algo que a nadie le sienta bien. La bronca que me iba a caer sería antológica.

Me hice el propósito de no salir ninguna noche más. Me tumbaría en la cama y me pondría los cascos, con la música a toda pastilla y no haría caso ni a voces ni a nada.

Al cabo de un rato aparecieron los cuatro, precedidos por el haz de luz de la linterna. La linterna... si me hubiese acordado en su momento de que no la llevaba, habría seguido corriendo hasta el pueblo.

laberintro

Vuelve a Luna partida (p. 116).

Nunca

(Viene desde Ahora o nunca)

Mientras volvía al cuarto, apagué todas las luces que encontré en el camino. Cerré la puerta con cuidado y me acosté, con todos los sentidos alerta. No sabría precisar si en esos momentos notaba la presencia o si era mi propio miedo el que hacía que yo misma alargase la sensación.

De vez en cuando, el viento palmeaba la ventana y silbaba por sus rendijas. Me dormí al son de un implacable péndulo: ahora... nunca... ahora... nunca... ahora... nunca...

Por la mañana, alguien abrió la puerta de mi cuarto.

—¿Anabel? —era mi padre.

—Ya bajo.

Me quedé apenas un minuto más en la cama. El péndulo se había detenido en la palabra *nunca*. Sentí una pequeña punzada de arrepentimiento por mi cobardía. Lo único que esperaba era que se me presentase una segunda oportunidad para redimirme, aunque *nunca* sonase tan tajante.

Mientras estaba desayunando escuché el motor de un coche que se acercaba y que terminó deteniéndose a las puertas de mi casa. Al instante llamaron a la puerta. Fue a abrir mi abuelo y enseguida escuché la voz de Raquel, de Yomás y de la madre de Raquel. La asociación de ideas fue instantánea: ¡el pantano! Se me había olvidado.

Apuré el tazón y les dije que no tardaría nada en ponerme el biquini.

Mi padre me detuvo, extrañado.

—¿Qué pasa? —le pregunté.

—¿No tendrías que pedirme algo?

—¿Dinero? —le dije de broma, pues no se me ocurría nada.

—Te recuerdo que sigues castigada.

Yo había dado por hecho que por la mañana me levantaría el castigo, ni me había preocupado por ello, así que la extrañeza esta vez se vio reflejada en mi cara. Cuando iba a empezar a suplicar, mi padre, en voz alta para que le oyesen bien todos y casi dirigiéndose a ellos más que a mí, me dijo en tono comprensivo:

—Venga, te levanto el castigo.

Me sonó falso, como para quedar bien, pero lo importante era el fondo del mensaje.

—Muchas gracias, papá —respondí yo, declamando y mirando a la vez a mis amigos, como si fuesen el público de esta improvisada obra de teatro.

Cuando volvía a bajar, la madre de Raquel le estaba comentando a Marga que después de la tormenta había quedado un buen día, pero que el agua del pantano estaría congelada.

—Solo para valientes.

Esa palabra pellizcó a Yomás.

—Yo me voy a bañar.

Raquel y yo nos miramos. Ese chico era incorregible.

Sepultado

Debido a mi retraso, cuando llegamos al pantano ya estaban todos allí. Fijamos una hora para que la madre de Raquel nos viniese a recoger. Caminamos un rato entre piedras hasta que dimos con la playa en la que habíamos quedado. Era tan pequeña que parecía de juguete.

Saludamos a todos y extendimos nuestras toallas. De momento, no se había bañado nadie. Yo introduje la punta del pie en el agua y confirmé que, antes de bañarme ahí, me metería en el frigorífico de casa.

Éramos demasiados para hacer todos lo mismo: unos charlaban desde sus toallas, otros se entretenían con una pelota de plástico que estaba más tiempo en el aire que en el suelo, otros se reían por el juego de los disparates («este me ha dicho que para qué sirve una grúa, y este me ha contestado que para sujetar las tetas»), y el resto jugábamos a las cartas.

Solo a última hora de la mañana algunos se decidieron a bañarse, entre los que se incluían Yomás y, sorprendentemente, Raquel, que se había dejado convencer por este. De hecho, ellos dos fueron los últimos en salir. No sabía cómo podían aguantar tanto tiempo.

Fue un día distendido, agradable, sin sobresaltos; o lo estaba siendo hasta que la madre de Raquel nos vino a buscar.

—Se ha derrumbado la casa del ingeniero, esta noche —nos dijo dentro del coche, ya camino del pueblo.

Lo comentó como una anécdota, sin darle mayor importancia, pero Yomás, Raquel y yo nos miramos. Ellos estaban impresionados, pero ni de lejos tanto como yo. Acababa de enterarme en qué consistía el *nunca*.

—Podemos subir a verla —sugerí yo en cuanto bajamos del coche, y vi cierto recelo en sus miradas—, ahora que todavía es de día. Además, seguro que hay gente arriba —añadí para convencerlos.

Accedieron. Tampoco les estaba pidiendo un acto heroico.

El camino desde el pueblo hasta La Luna, que de noche parecía un pasaje del terror, por el día no era más que un agradable paseo. Como si los bichos del bosque o los espíritus solo pudiesen atacarnos amparados en la oscuridad. La única molestia fue el camino embarrado, en el que se nos hundían las suelas y resbalábamos.

Atravesamos el muro de la finca y, unos metros más adelante, empezamos a ver a los primeros curiosos merodeando. La casa había quedado irreconocible. Los escombros apenas levantaban un metro sobre nuestras cabezas. Solo dos vigas se habían mantenido en pie. Una fina polvareda flotaba sobre los restos, dando una sensación de borrosa irrealidad.

Raquel se alejó unos metros porque le entró polvo en el ojo. A mí no me había entrado nada, pero también me di la vuelta y derramé una lágrima. Bajo esa mole había quedado sepultado aquello que no me atreví a buscar, convirtiéndose en un misterio para el resto de mis días.

laber*intro*

Vuelve a **Sombra** (p. 136).

Tenemos que hablar

(Vienes desde Reencuentro)

Me asomé a la cocina. Mi madre estaba cortando tomates.

—Mamá, ¿vienes un momento?

—¿Pero no ves que estoy haciendo la comida?

—Esto es más importante. Podemos comer más tarde.

—¿Has sacado ya la ropa de la maleta y has separado la sucia de la arrugada?

—Todavía nooo —me estaba empezando a atacar los nervios, pero no podía perder el control—. Tenemos que hablar.

Negando con la cabeza, se limpió las manos en una bayeta y me siguió hasta mi cuarto.

—A ver en qué jaleo te has metido ahora —refunfuñó.

Nos sentamos las dos en la cama; yo, cerca de la maleta.

—Antes de nada, lo que te voy a contar puede parecerte increíble, incluso tratarás de buscarle mil explicaciones, pero simplemente no las hay. Todo pasó tal cual, no hay más vuelta de hoja —tomé aire—. En primer lugar quiero que sepas que La Luna se derrumbó hace un par de días y que he conocido a David.

Hasta entonces había seguido murmurando y protestando, como si esto no fuese más que otro caprichito de la niña; pero en cuanto escuchó mis últimas palabras, se quedó inmóvil, impresionada, sin dar crédito a lo que acababa de entrar por sus oídos.

No, no tenía que haber empezado tan fuerte. Tenía que haber ido introduciéndola en el tema poco a poco, y no de golpe. Así que lo que hice fue remontarme a la noche de San Juan, cuando aquella silueta me dejó el misterioso sobre vacío remitido por *La Luna*.

En ese punto, a mi madre se le saltó la primera lágrima, pero yo proseguí.

Le hablé de la voz, de la presencia invisible, de la grabación (lo de la *ouija* preferí omitirlo, a ninguna madre le gusta), de cuando descubrí que La Luna era realmente la casa del ingeniero, de mis dos visitas a la casa, de la fotografía, de la canica, de las piernas en la oscuridad, de la caja de galletas, de la forma en que David me salvó...

No sabía si mi madre se reía o lloraba, quizá ambas cosas a la vez. Y temblaba. Y negaba con la cabeza, pero luego asentía. Mi mente era incapaz de imaginar lo que en esos momentos debía de estar sintiendo, pero tenía que ser algo descomunalmente fuerte.

Nosotros

—Y cuando abrí la caja de galletas, encontré esto —metí la mano en la maleta y extraje las cartas.

Mi madre apenas pudo verlas, tenía los ojos inundados, pero enseguida supo de qué se trataba. Se derrumbó en la cama, aferrada a las cartas. El llanto la convulsionaba, nunca había visto a mi madre en semejante estado.

Yo salí de mi cuarto. Preferí dejarla un tiempo sola con sus recuerdos, para que soltase todo lo que llevaba dentro, que no debía ser poco. Desde el salón oía sus sollozos, incluso me parecía escucharla hablar, pero no llegué a oír lo que decía. Quizá estuviese leyendo las cartas, o incluso hablando con David.

Al cabo de un buen rato, apareció en el salón. Llevaba las cartas con sumo cuidado, como si fuesen reliquias. Parecía un poco más serena, aunque todavía le costaba digerir todo lo que le había contado.

Se sentó a mi lado y no dijo nada. Levantó la cabeza y cerró los ojos, y después de unos segundos volvió a la postura normal.

—Yo tuve la culpa.

—¿Qué?

—Los padres de David cada vez le ponían más trabas para relacionarse con la gente del pueblo. Sus hermanos mayores se habían ido a la universidad y ya no vivían allí. El ingeniero y su mujer no sabían lo nuestro, claro, les habría dado algo: su hijo con la hija de un vulgar minero. No le dejaban salir a jugar como a un chico normal, ni los fines de semana; cada día, un chofer le llevaba y le iba a recoger a un colegio que estaba a treinta y pico kilómetros del pueblo, el mejor de la zona. Nosotros...

Hizo un pausa y yo seguí el recorrido de una lágrima por su mejilla. Era curioso que la hubiese derramado justo al pronunciar la palabra nosotros. Pero, a pesar del dolor, la sonrisa luchaba por aparecer en su cara, quizá al mismo tiempo que los recuerdos agradables trataban de vencer a los amargos.

Tuviste la culpa

—Nosotros nos veíamos a escondidas, no nos quedaba otra. Teníamos que encontrarnos por la noche, cuando todo el mundo dormía. Él se escapaba y venía a buscarme. Llamaba a mi ventana con un palo largo y yo salía a su encuentro, con cuidado de no despertar a nadie. Cuando los abuelos dijeron que se marchaban del pueblo, a mí se me vino el mundo encima. David y yo pasamos esas últimas noches amándonos, llorando y jurando que haríamos todo lo que estuviese en nuestras manos para que nada nos separase.

—¿Pero por qué tuviste la culpa de lo que pasó? —le pregunté, casi nerviosa.

—Antes de marcharme, ideamos un método para estar en contacto sin que sus padres lo supieran. Como mi casa del pueblo se iba a quedar vacía, yo enviaría cartas a esa dirección y él, por las noches, saldría a recogerlas. Le dejé una llave del buzón. «No será lo mismo, pero así seguiré escapándome a tu casa, con la ilusión de encontrarme contigo, aunque sea por carta», me decía él —me imaginé sus correrías nocturnas y solitarias, como la que tuve yo la última noche de La Luna—. Nos prometimos escribirnos todos los días hasta que volviésemos a vernos. Fue asesinado a altas horas de la noche y nadie supo explicarse qué hacía fuera de casa. Nadie salvo yo.

Entendí al instante por qué mi madre se sentía responsable de aquello, pero me parecía injusto que cargase con esa enorme losa sobre su espaldas.

—Incluso después de conocer la noticia, todavía me llegaron un par de cartas de David. Imagínate, me decía que ya tenía el billete, —precisamente el que ella contemplaba en esos instantes—, que estaba deseando verme otra vez, que mi casa del pueblo todavía olía a mí...

—Sí, hay que reconocer que tú tuviste la culpa —le dije a mi madre.

Se quedó mirándome sin entender mi postura. Yo alargué la pausa para desconcertarla todavía más.

—Tuviste la culpa de que sus últimos años fuesen los mejores de su vida. ¡Pero cómo puedes decir algo así! El único culpable fue el minero. Pero puestos a buscar otros responsables, mucho más que tú me lo parecen los padres de David, que con su absurda forma de cuidarle y protegerle del mundo le obligaban a tener que estar escapándose por las noches. Así que ya va siendo hora de que te quites ese peso de encima. Ah, y una cosa más. Te exijo que vuelvas a ser esta —le dije, señalando las cartas.

Mi madre se abrazó a mí y volvió a llorar.

Yo sonreí. Pocas veces había hablado tanto tiempo seguido con ella sin chillar.

Carrera de obstáculos

Pasaron los días. La relación con mi madre había cambiado de un modo radical. Era cierto que nos esperaban broncas y discusiones, como a todo el mundo, pero al menos no estarían impregnadas de desprecio. El odio ya no flotaba por casa, una ráfaga de aire lo había barrido, se lo había llevado muy lejos.

Mi padre volvió del pueblo y lo primero que le pedí cuando hablé con él fue que me avisase si quedaban otra vez con los amigos de la hoguera de San Juan. Era una espina que tenía clavada.

Volví a ver el telediario. Desde antes de las vacaciones, no había aparecido la grabadora de mi padre en la tele, así que me hizo mucha ilusión volver a verla. La *A* parecía brillar con luz propia frente a alguien que parecía muy importante y que decía algo que no me interesaba en absoluto. Si la gente que estaba viendo en esos momentos el telediario supiese lo que esa grabadora había sido capaz de grabar…

—Mamá, ¿por qué te casaste con papá?

—Ese ha sido uno de los mayores errores de mi vida. Sobre todo por lo que le he hecho sufrir a él. Fui una egoísta. Creo que nunca estuve enamorada de él. Cuando empezamos a salir, encontré a su lado una estabilidad y un cariño sincero. Me vinieron bien, pero no fueron suficientes. Yo estaba metida en una espiral sin salida. Me apoyó mucho, trató de ayudarme, pero no pudo, principalmente porque yo no me dejé. Tu padre es, sobre todo, buena gente, y me alegro de que haya sido capaz de rehacer su vida con alguien que le quiera.

Después de ese verano me había dado cuenta, entre otras muchas cosas, de que la vida, más que un camino de rosas, parecía una carrera de obstáculos. Pero a pesar de todo había que luchar por llegar a la meta, no valía parase; y si te tropezabas y caías, te tenías que volver a levantar.

No tardó muchos días en llamarme mi padre. Esta vez se trataba de una parrillada.

—Va a ser mañana. Sé que no te he avisado con mucha antelación, pero es que hasta última hora no lo hemos decidido.

—Pero, ¿irá el chico de la otra vez? —le pregunté.

—Sí, y espero que si vas, no me tenga que arrepentir de haberte llevado.

Se hizo el silencio en la línea telefónica. Mi padre estaba esperando una respuesta, o al menos que manifestase mis intenciones, pero mi cerebro se había puesto a pensar a marchas forzadas. De pronto recordé la escena incómoda de la noche de San Juan y sentí vergüenza. En realidad me resultaría mucho más sencillo no ir, dejarlo estar. No se me daban muy bien las disculpas.

laber*intro*

¿Qué harías en su lugar?

Si decidieras buscar una excusa para no ir, ve a **Planes para mañana** (p. 260).

Si decidieras ir, dirígete a **El chico sin nombre** (p. 262).

Patadas

(Vienes desde Canica)

Me levanté y di un paso hacia atrás. Le arreé una patada al escalón con todas mis fuerzas. Los dedos del pie se me encogieron de dolor, y la escalera, sin embargo, solo crujió ligeramente. Volví al ataque, me sentía tan cerca de aquello que estaba buscando, que el dolor apenas me importaba.

Cinco, seis... no sé cuántas patadas le pude dar al escalón, ciega de rabia. Era mi enemigo, lo que se interponía en mi camino, la última puerta que había que derribar.

Un ruido un poco más fuerte me detuvo. Sonó como si la madera se resquebrajase por alguna parte. Recorrí cada uno de los escalones con la linterna, pero a simple vista no detecté ninguna grieta. Me disponía a acercarme para observar la escalera con más detalle pero no tuve tiempo, pues en un abrir y cerrar de ojos, se desmoronó frente a mí.

Al principio no me di cuenta de mi situación, me coloqué la linterna bajo el brazo y empecé a retirar tablas, con la única precaución de no pincharme con los clavos retorcidos y oxidados que asomaban de algunas maderas. Solo tras los momentos iniciales de frenesí, se me ocurrió mirar hacia arriba y lo comprendí todo. La tensión abandonó mi cuerpo y el tablón que sujetaba en esos instantes resbaló entre mis manos y, tras él, cayó la linterna.

Estaba atrapada. Se acababa de venir abajo la única salida de ese lóbrego trastero.

El instinto de supervivencia venció a la hasta entonces irrefrenable curiosidad. Empecé a colocar de nuevo los tablones que había retirado sobre el montón de escombros en que se había convertido la escalera. Tenía que conseguir llegar al hueco de arriba como fuese, aunque para ello no quedara más remedio que olvidarse de lo que permanecía enterrado sin ser descubierto.

Colocaba dos tablones de izquierda a derecha y encima otros dos, de arriba abajo, para que la *construcción* tuviese cierta consistencia. El problema era que cada vez quedaban menos, y el hueco que me separaba del piso de arriba era insalvable.

Cuando creía que nada podía ir a peor, sentí una sacudida bajo mis pies y escuché un estruendo descomunal en el piso de arriba, por la zona de la entrada. Algo se había derrumbado y, a juzgar por el ruido, algo bastante mayor que el bloque que sepultó el piano.

Confusión

Entonces comprendí que lo sucedido hasta entonces no había sido más que un juego de niños, un aperitivo. El verdadero manjar de desgracias estaba por venir.

El temblor no remitía. Recogí la linterna. Tenía el cristal de protección roto, pero afortunadamente la bombilla seguía funcionando. Me moví por el sótano de un lado para otro muy inquieta, sorteando las columnas, las maquinaria y la silla de montar a caballo. Por mucho que me estrujase el cerebro, no encontraba la solución. En realidad, no la encontraba porque no existía.

Enfoqué el techo. Llovía polvo por la grieta que atravesaba el salón.

A partir de ese instante, todo sucedió rápidamente. La confusión se apoderó de mí. El techo del sótano comenzó a hundirse mientras la columna que había junto a mí se resquebrajaba a mi altura. Sin saber muy bien lo que hacía ni por qué, cogí la silla de montar a caballo y me dirigí a los pies de la columna. Me tumbé y me encogí hasta el límite de mis articulaciones y cubrí mi cabeza con la silla de montar, como si algo tan endeble fuese a protegerme de toneladas de escombro. Creo que olía a cuero podrido... A quién le importaba eso.

Cerré lo ojos y grité, pero el ruido atronador del derrumbe ahogó mi voz. Sin parar caían inmensos cascotes a mi alrededor. No los veía pero los escuchaba como si estuviesen cayendo dentro de mi cabeza, y el suelo ya no temblaba, sino que se sacudía.

La casa entera se desmoronaba sobre mí. Lo único que rogaba era que el bloque que me aplastase fuese certero y no me hiciese sufrir, que no me enterase de nada, que el tránsito de la vida a la muerte fuese instantáneo.

De pronto todo cesó y no me dolía nada.

«Ya está», pensé, «he traspasado el umbral».

Pero si seguía pensando, una de dos: o no me había muerto o existía vida después de la muerte. Entonces sentí que mi nariz se llenaba de polvo, casi de tierra, y empecé a estornudar con violencia. A menos que los espíritus respirasen y tosiesen yo seguía viva. Y lo que resultaba más sorprendente, estaba ilesa, aunque la intensa polvareda casi me había ahogado.

Se siguieron escuchando ruidos de menor intensidad por encima de mí. Abrí los ojos y retiré la silla de montar. Empecé a agitar la mano frente a mi nariz, casi rozándola, para apartar en la medida de lo posible el polvo y respirar un poco de aire. Además, me subí el cuello del jersey hasta engancharlo con la nariz.

Aire

Todo estaba a oscuras, no había ni rastro de la linterna. Para saber mi estado, solo podía palpar. Efectué breves inspecciones a mi alrededor con la mano que me quedaba libre, extremando el cuidado. A ambos lados estaba cercada por escombros y sobre mí había una superficie inclinada y lisa, que no podía ser otra cosa que la columna. Lo más seguro era que, al venirse abajo, la parte que cayó hubiese quedado apoyada sobre la parte que permaneció en pie, formando así una especie de triángulo de la vida.

Entonces rompí a llorar y a gritar. El día anterior, castigada por haber venido a La Luna y, ahora, prácticamente enterrada viva en ella. ¿Cuánta vida me quedaba allí? ¿Alguien me localizaría o iba a permanecer así durante días, meses, hasta que la sed, el hambre y la desesperación me hiciesen desear haber muerto en el derrumbe? Aunque yo no lo supe calcular desde ahí abajo, fueron aproximadamente dos días y medio.

Mi padre, al levantarse por la mañana y ver que yo no estaba en la cama, empezó a buscarme: primero por casa, luego por los alrededores y por último fue a avisar a Raquel. Yomás se unió después al grupo y, entre todos, decidieron que lo más probable, aunque ninguno supiese explicar por qué, era que me encontrase en La Luna. Cuando miraron hacia allí se percataron de que una columna de polvo se elevaba en el cielo. Desesperados, corrieron hasta las ruinas de la casa. Gritaron, pero yo no los podía oír. Mi padre ya había llamado a Emergencias, que fueron llegando sucesivamente: ambulancia, policía, bomberos y, por último, un equipo de rescate, con grúas incluidas.

El primero en probar las asistencias médicas fue mi padre, presa de una crisis de ansiedad.

Se pasaron todo un día retirando escombros con sumo cuidado. Cada cierto tiempo se detenían para escuchar si alguien, en este caso yo, daba señales de vida.

Yo notaba que algo se movía sobre mí, pero al principio pensaba que eran bloques desprendiéndose o recolocándose en ese caótico equilibrio. Solo cuando me di cuenta de que seguía pasando el tiempo y los ruidos no cesaban, empecé a gritar con las escasas fuerzas que me quedaban. No dejé de gritar hasta que me oyeron, incluso después tuve que seguir gritando para que, más o menos, situasen mi posición.

Me sacaron a la mañana del tercer día, después de haber retirado toneladas y toneladas de escombros. Me impresionó dar las primeras bocanadas de aire puro.

Cuando sucedió, absolutamente todos los vecinos del pueblo estaban presentes. Si no hubiese estado al borde del desfallecimiento, me habría muerto de vergüenza. La alegría se extendió entre los operarios, entre la gente y, sobre todo, entre mi familia y amigos. Expresiones del estilo de «ha sido un milagro» o «ha vuelto a nacer» se repetían de boca en boca.

Me pasé gran parte del verano castigada y dando explicaciones difíciles de creer; y durante el resto de los días, fui yo la que no se atrevió a salir por la noche. A partir de entonces no volví a escuchar ni a sentir nada extraño, aunque la curiosidad por saber qué podía haber encontrado a ratos me atosigaba. Había llegado hasta la última puerta y no había sabido abrirla. Me llamé de todo: bruta, animal, bestia, salvaje... y es que a nadie más que a mí se le habría ocurrido liarse a patadas en una casa que se hallaba en tan lamentable estado.

laberintro

Vuelve a **Galletas María** (p. 65).

Ladrido lastimero

(Vienes desde Derrumbe)

Apenas tardé unos segundos en abrir la ventana, lanzar la caja y volverla a cerrar. Pese a la tensión no pude evitar asomarme un instante para ver cómo caía ahí fuera, a la intemperie, tan cerca y tan lejos. Botó varias veces antes de quedarse quieta, pero no se abrió. Mi propio aliento empañó la imagen.

Se dejaron de oír los crujidos en la madera, señal inequívoca de que quien quiera que fuese había llegado al piso de abajo. Agaché la cabeza y, al ver mi ropa, que apenas se distinguía entre tanta porquería, me dije que iba a tener que echarle una imaginación deslumbrante si quería salir medio airosa de esta.

Y encima justo el día después de haber estado castigada, peor no se podían presentar las cosas.

La figura de mi abuelo apareció en la cocina. Venía embutido en una bata y con sus viejas zapatillas de andar por casa.

—¡Anabel! —exclamó nada más verme.

Cerré los ojos, no los quería volver a abrir hasta que no supiese qué decir.

—¡Anabel! —insistió él—. ¿Qué te ha pasado?

Noté su mano en mi hombro, temblorosa, y no me quedó más remedio que abrir los ojos. Mi abuelo me estaba examinando de arriba abajo, sin saber muy bien qué decir o qué hacer. En eso, estaba como yo.

Mi cabeza estallaba en busca de posibles explicaciones, pero todas me parecían absurdas, disparatadas, carentes de cualquier credibilidad.

Desde la calle llegó para salvarme el ladrido lastimero y lejano de un perro. Sonó tan débil que dudaba de que mi abuelo lo hubiese escuchado. De todos sus sentidos, el oído era el que más le flojeaba.

El perro, más que ladrar, parecía gemir o llorar.

Ahí estaba.

Al instante, la historia empezó a cobrar forma en mi cabeza y, aunque no resultase muy creíble, por lo menos era la menos rocambolesca de las que había barajado. Y tenía la ventaja de no implicar a nadie, así no se podría contrastar.

Perro salvaje

—Algo increíble —empecé diciéndole, adornando mis palabras con excesivos gestos—. Me han despertado unos ruidos que provenían de la calle. Me he asomado por la ventana y he visto que una sombra se movía entre los arbustos, al lado del huerto del vecino. Entonces he oído una especie de llanto constante y me he preocupado. Me he vestido y, sin deciros nada para no alarmaros, he salido a ver quién era, por si necesitaba ayuda.

A medida que lo contaba me iba sintiendo más segura, dentro de lo endeble que tenía que ser un relato gestado en esa situación y con tanta urgencia. Mi abuelo escuchaba sin pestañear.

—¿Vosotros no lo habéis oído? —me atreví incluso a preguntarle, y mi abuelo, como era lógico, negó con la cabeza—. En la calle se oía bastante más claro. He bordeado la casa por el camino que va al huerto del vecino, por el camino de barro —recalqué especialmente lo de *barro*—, y justo al llegar a la parte de atrás de la casa, me he dado cuenta de que no era nadie llorando, sino un perro salvaje que aullaba mientras escarbaba junto al matorral. Quizá estaba buscando en una madriguera algún animal que llevarse a la boca.

»Me he dado la vuelta nada más descubrirlo, y cuando iba a empezar a correr, me he resbalado y he caído en todo el barro, pero de lleno, plaf, ya me ves. Entonces él se ha dado cuenta de mi presencia y se ha lanzado a por mí como una mala bestia. Menos mal que estaba a una distancia suficiente para llegar a casa. Uf. Por los pelos no me ha alcanzado.

Mi abuelo no sabía si creerme o no. Me acariciaba con compasión, pero a la vez las dudas arrugaban más su expresión. La historia hacía aguas por algunas partes, pero fue la mejor que pude inventar, mi cabeza no daba más de sí.

—Tu abuela me ha despertado porque había oído la puerta de casa y algunos ruidos. Hasta que no me ha hecho bajar, no ha parado, pero no me ha dicho nada de aullidos ni de llantos.

—Quizá se haya despertado justo cuando entraba yo —ahí estuve rápida de reflejos.

Me miró por última vez de arriba abajo.

—Venga, límpiate un poco y sube a la cama. Anda, que menudo susto —me dijo, pero no sonó muy convincente.

Por un lado, quería consolarme; pero por otro, algo le impedía hacerlo en toda regla. Para hacer cualquier cosa, lo primero es creer en ella.

Una aguja en mil pajares

Me limpié la cara llena de polvo; luego las manos, destrozadas por los rasponazos. Desde luego, no tenía mucha pinta de haberme caído solo en el barro.

Subí a mi cuarto y por el camino escuché murmullos en la habitación de mis abuelos. No quería ni imaginar la cara de mi abuela si le estaba reproduciendo la historia que yo le acababa de contar.

Sin embargo, esa preocupación duró muy poco, lo que tardé en quitarme la ropa (ni me acordaba de que llevaba debajo el pijama) y meterme en la cama, que fue exactamente el tiempo que pasó hasta que volví a pensar en la caja. No podía bajar a por ella, y menos con el oído tan fino que había demostrado tener mi abuela.

Sentía la impotencia más absoluta, después de haberla tenido entre mis propias manos. Normalmente por allí no pasaba gente, solo en muy contadas ocasiones. Lo único que tenía que hacer a la mañana siguiente era ingeniármelas cuanto antes para salir a por ella y guardarla en casa si fuera posible o, si no, esconderla hasta mejor ocasión.

¿Qué contendría? Tratar de adivinarlo era como buscar un aguja en mil pajares.

Estaba exhausta, pero me costó una barbaridad dormirme. De hecho creo que una parte de mí se quedó despierta, alerta, pues en cuanto oí que se despertaban mi padre y Marga, yo también me desperté. Solo habían pasado un par de horas, pero yo estaba sorprendentemente fresca.

Mi primera intención fue bajar a toda velocidad a por la caja, pero algo me retuvo. Tendría que explicarles lo del perro salvaje y me seguía pareciendo una historia increíble.

La puerta de mi cuarto se abrió y entraron mis abuelos, que parecían haber aguardado a que bajasen los otros para hacerlo.

—Anabel, yo duermo muy poco, y a medida que van pasando los años, menos —habló mi abuela—. A la hora en que supuestamente pasó lo que le has contado a tu abuelo, yo estaba despierta. No escuché ningún aullido, ni ningún llanto, ni siquiera un ladrido, pero sí la puerta de casa. No podemos imaginar qué hiciste, ni te lo vamos a preguntar. Y es más, hemos decidido que no se lo vamos a contar a tu padre. Pero por favor, sea lo que sea, no lo vuelvas a hacer.

—Os juro por lo que queráis que no lo volveré a hacer. Muchas gracias, muchas gracias. Ya podríais ser vosotros mis padres.

—Si nosotros fuésemos tus padres —intervino mi abuelo—, quizá te hubiésemos castigado más severamente que tu propio padre, no te confundas, pero nosotros somos tus abuelos, y eso cambia un poco las cosas.

Destello metálico

Después de que se marcharan, me vestí de inmediato, bajé directamente a la cocina y di los buenos días a mi padre y a Marga. Las cosas parecían ir arreglándose solas, quizá fuese mi día de suerte. Ya iba necesitando un día así.

Disimuladamente me acerqué a la ventana y tuve que hacer un esfuerzo sobrehumano para que no se notara mi impresión: la caja no estaba allí.

—Voy a ver qué tal día hace —dije, y no les di tiempo a que objetaran nada, pues ya estaba en la calle.

Era muy temprano y el sol parecía estar a mi altura, allí a lo lejos, apoyado en el horizonte. En algunas zonas todavía brillaba la escarcha o los restos de la tormenta. Me dirigí al lugar en el que debía estar la caja y reconocí en el césped el picotazo de una de las esquinas al caer, quizá producido por el primer impacto cuando la lancé. Pero alrededor, a diez metros a la redonda, no había más que hierba.

Di unas tres vueltas a la casa buscando desesperadamente la caja. Entre unos arbustos, aquellos en los que supuestamente estaba el perro que me atacó, pude advertir un destello metálico. Me acerqué corriendo para descubrir que no era más que una lata de refresco abollada.

Cuando entré en casa, todos me miraron disimuladamente. Incluso en el gesto de mi abuela pude advertir una amenaza velada, algo así como «nos lo has jurado, Anabel, no nos hagas hablar». Pero a mí lo único que me preocupaba era dónde podía encontrarse la caja.

—¿Alguien ha encontrado algo en la calle esta mañana?

Todos se miraron entre sí. El primero en negar con la cabeza fue mi padre.

—Yo no.

Le siguieron Marga y mis abuelos. Tampoco. Pero no desviaban sus miradas de mí. Creo que exigían alguna explicación más.

—Es que creo que se me ha perdido un pendiente. Lo he buscado por la casa y no ha aparecido, así que he pensado que podía haberse caído en la calle.

Yo de mayor podría ser guionista, porque me inventaba unas películas...

Todo volvió a la calma... para ellos cuatro, claro, no para mí.

Mi ansia por buscar la caja fue convirtiéndose en desesperación debido a los nulos resultados. Aprovechaba cualquier momento en que me encontrase a solas para llevar a cabo mis exploraciones, ya fuesen dentro o fuera de casa. Pero siempre volvía con las manos vacías.

No hubo día que no buscase la caja, pero no apareció. El verano tocó a su fin y yo volví a la ciudad con lo mismo que me había llevado en la maleta, con un inmenso interrogante y con el carácter bastante más agriado.

laberintro

Vuelve a **Espejo** (p. 181).

Bolsa

(Vienes desde Reencuentro)

Me senté en la cama. La maleta estaba a mis pies, como un perrillo a la espera de las órdenes de su amo. Me incliné sobre ella y cerré la cremallera del bolsillo que contenía las cartas. No me atrevía, así de sencillo.

Empecé a sacar prendas y a separarlas según fuesen a ir a la lavadora o a la plancha. En el fondo de la maleta se encontraba bien aplastada la bolsa con la ropa mojada que había llevado aquella noche, y que no había sacado desde entonces. Deshice el nudo y de dentro salió un olor asqueroso. La ropa seguía calada.

Mi madre entró en mi cuarto, preguntando:

—¿Estás separando la r...? —dejó pregunta a medias cuando vio que lo estaba haciendo.

Se dio media vuelta, pero no llegó a salir por la puerta. Cuando se volvió hacia mí, noté que tenía las aletas de la nariz en tensión.

—¿A qué huele aquí?

Yo levanté la bolsa.

—Es que dentro guardé ropa mojada.

Se acercó y metió la mano, con un gesto de asco que no sabía si era provocado por el olor o por mi presencia.

—¡Pero si está empapada! ¿Cuánto tiempo lleva ahí dentro?

—No sé, un par de días o así...

—¿Pero tú eres boba? —me dijo, y toda la hermosura que me parecía haber visto en su rostro desapareció de repente, el ogro había vuelto—. ¿No sabes que así se pudre la ropa? Pero a ti qué más te da, tú no la compras. Luego no me vengas diciendo que necesitas esto y lo otro. Cuando no tengas pantalones, sales a la calle en bragas.

— Me pareces repelente —dije, marcando mucho la erre.

Y lo peor de todo era que sentía lo que acababa de decir.

Me levanté de mi cama con la bolsa en la mano, la esquivé, y salí del cuarto.

El tendedero de mi casa estaba en una pequeña terraza, junto a la cocina. Tendí la ropa casi sin llegar a las cuerdas, y entendí que mi odio hacia ella sería eterno, daba igual todo lo que hubiese averiguado ese verano.

labe*rintro*

Vuelve a **Tenemos que hablar** (p. 233).

Planes para mañana

(Vienes desde Carrera de obstáculos)

—Es que... —dudé sobre cómo debía enfocarlo, pero al final me agarré al único resquicio que había dejado—, me lo has dicho demasiado tarde y ya tenía planes para mañana.

—Vaya —murmuró mi padre al otro lado del teléfono.

—Me apetecía mucho ir, pero... —aquí no mentí.

—Como me dijiste que en cuanto quedásemos, te avisase...

—Mira, lo que he pensado es que le puedes decir al chico que estoy muy arrepentida por cómo me comporté y que le pido perdón.

Me sentí cobarde, pero si mi padre accedía, era un peso que me iba a quitar de encima.

—Yo creo que eso deberías decírselo tú, aunque sea la próxima ocasión que os veáis.

—Sí, la próxima, pero tú podías adelantárselo.

Al final conseguí que mi padre accediese a trasladarle mis disculpas.

Colgué el teléfono con rabia. Sabía que acababa de actuar en contra de lo que me pedía casi todo el cuerpo, y lo que más me fastidiaba era que en parte me sentía bien. Me había librado del embarazoso momento de tener que pedir perdón.

El día siguiente lo pasé entero enfurruñada, con el gesto torcido. Mientras comíamos, mi madre intentó averiguar qué me pasaba, pero no le di opción. Y como no quería romper el tratado de paz que habíamos firmado días atrás con nuestras propias lágrimas, preferí marcharme a mi cuarto, donde me consumí con mis propios pensamientos.

Me aburrí como solo se aburre quien sabe que podría estar en otro lugar pasándoselo bien.

Si David me estuviese viendo en esos momentos, no me cabe duda de lo que estaría pensando:

«Estás viva y no lo aprovechas. ¿Para qué te ha servido todo?».

laberintro

Vuelve a El chico sin nombre (p. 262).

El chico sin nombre

(Vienes desde Carrera de obstáculos)

Después de un viaje de unos tres cuartos de hora, llegamos a un pinar. Mi padre aparcó el coche. Marga y yo le ayudamos a sacar las cosas del maletero. Cada pareja se había encargado de llevar algo. A nosotros nos había tocado los hielos, las tenazas y el barreño en el que harían la sangría que no me dejarían probar.

Caminamos entre los árboles hasta llegar a una explanada donde ya humeaban las parrillas. Había distintos grupos en las mesas de alrededor. Mi padre levantó la mano y desde una mesa saludaron varias personas que me sonaban de la otra vez.

Tras una enorme bolsa de patatas fritas aparecieron los ojos del chico sin nombre, que me estaba mirando, pero apartó la vista enseguida. Casi parecía que me tuviese miedo.

La mayoría de la gente recordaba mi nombre; yo, el de nadie.

Saludé al chico y este correspondió, pero ni siquiera me

acerqué a él. A mí también me daba corte, después de la que le había liado el otro día.

Cuando pidieron voluntarios para ir a coger ramas y piñas secas, aproveché y me acerqué a él:

—¿Me acompañas?

Me dijo que sí, pero aún le notaba receloso.

Nos internamos entre los árboles.

—¿Sabes que se ha muerto la que te gritó el otro día?

El chaval se quedó a cuadros y yo se lo aclaré:

—Me refiero a que ahora soy otra, y estoy arrepentida de lo que hice. Lo siento, de verdad. Si pudiese dar marcha atrás en el tiempo...

—No pasa nada, Anabel —me dijo, con una sonrisa sincera.

Él se acordaba de mi nombre... quizá por las pesadillas que tuvo conmigo.

Apenas cogimos nada. Estuvimos hablando y nos olvidamos de las ramas y de las piñas. Cuando conseguía traspasar su barrera de timidez, resultaba encantador. Incluso me hizo ver que las dos veces que nos habíamos encontrado, el fuego estaba presente.

—Juntos somos peligrosos, podemos desatar incendios.

Su sonrisa fue de lo más alegre.

—¿A ti te han dejado probar alguna vez la sangría? —le pregunté.

—No, ¿y a ti?

—A mí tampoco. ¿Te apetecería probarla? Es que tengo una idea.

—Vale.

Nos encaminamos hacia la mesa. Los mayores nos miraban con atención para ver si habíamos arreglado lo nuestro.

—Por cierto, no recuerdo tu nombre —le dije unos metros antes de que llegásemos.

—David.

Me detuve en seco. Por un momento, una sombra se apoderó de mi mente. Incluso llegué a pensar que este David fuese la reencarnación de aquel, una idea absurda que deseché de inmediato.

—¿David? —le pregunté, a pesar de que lo había oído con total nitidez.

—Sí, David, ¿por qué? —me contestó extrañado.

—Por nada, es que me encanta ese nombre.

—A ver qué pasa con los chicos —dijo mi padre, que llegaba en esos momentos de la parrilla con una vara y las manos negras, como las de un minero.

Yo le guiñé un ojo a David.

—Hemos decidido que hacemos las paces, pero solo con la condición de que nos dejéis probar la sangría.

Los mayores se rieron.

—Ya veremos —dijo la madre de David.

Entonces, él se acercó a una mochila y extrajo de ella una pequeña bolsa. Me dijo que pusiese las manos en forma de cuenco y vació su contenido en ellas.

—¿Jugamos?

Dudé un par de segundos, el tiempo que tardé en espantar de nuevo la sombra que había provocado el contenido de la bolsa en mi mano.

—Vale.

Ambos nos arrodillamos.

David había traído las canicas más bonitas de su colección.

laberintro

FIN

Índice